LA FEMME

OU

LES SIX AMOURS,

PAR MME ÉLISE VOÏART.

*

TOME TROISIÈME.

Amour.

*

2e ÉDITION,

REVUE, CORRIGÉE ET ORNÉE DE SIX VIGNETTES.

PARIS
AMBROISE DUPONT ET CIE, LIBRAIRES,
RUE VIVIENNE, N. 16.

1828

IMPRIMERIE DE J. TASTU.

LA FEMME

OU

LES SIX AMOURS.

TOME TROISIÈME.

Ouvrages du même Auteur.

La Vierge d'Arduène, Traditions gauloises. 1 vol. in-8°.

Essai sur la danse antique et moderne. 1 vol.

La Toilette des Femmes. 1 vol.

Traductions de l'allemand, d'Auguste Lafontaine.

Les Aveux au Tombeau, ou la Famille du Forestier. 4 vol.

Ludwig d'Eisach, ou les Trois Éducations. 3 voll.

Welf Budo, ou les Aéronautes. 3 vol.

Le Suédois, ou la Prédestination. 4 vol.

Le Hussard, ou la Famille de Falkenstein. 5 vol.

Léonie, ou les Travestissemens. 3 vol.

Choix de Contes et Nouvelles dédiés aux Femmes. 2 vol.

De Madame Pichler.

Coralie, ou le Danger de l'exaltation chez les Femmes. 4 vol.

IMPRIMERIE DE J. TASTU,

RUE DE VAUGIRARD, N. 36.

T. 3.

Devéria del. Couché fils sc.

Ne m'oubliez pas.

LA FEMME

OU

LES SIX AMOURS,

PAR Mme ÉLISE VOÏART.

« Aimer ! Ce mot sublime et trop souvent si mal compris, renferme
» un sens mystérieux qui répond à tout ce qu'il y a de
» plus excellent dans notre nature. »
(M. DEGÉRANDO.)

*

Amour.

*

2e ÉDITION,

REVUE, CORRIGÉE ET ORNÉE DE SIX VIGNETTES.

PARIS

AMBROISE DUPONT ET Cie, LIBRAIRES,
RUE VIVIENNE, N. 16.

1828

L'AMANTE.

« Aimer, c'est être heureux du bonheur d'un autre. »

(*Lettre de Leibnitz à Thomas Burnett.*)

INTRODUCTION.

« La Rochefoucauld, d'accord » avec les mœurs et les romans de » son siècle, n'à vu dans l'amour » qu'ambition, coquetterie de l'es- » prit, intrigue et volupté *. » Si quelquefois il l'admet comme vrai, c'est lorsque cet amour s'ignore lui-même et dort encore au fond du cœur. Le plus souvent il le tourne

* Paronimes de La Rochefoucauld, par M. le baron Massias.

en ridicule ou le traite de chimère. Qui ne connaît la fameuse maxime : « Il en est du véritable amour » comme de l'apparition des esprits : » tout le monde en parle, mais peu » de gens en ont vu ? »

Malheureusement les opinions de ce froid dépréciateur du cœur humain sont encore de mode aujourd'hui ; elles règlent peut-être à notre insu nos jugemens sur l'amour, et la morale désolante du faiseur de maximes n'a pas peu contribué à discréditer parmi nous les plus nobles et les plus doux sentimens. Et pourtant quel cœur assez froid ou assez malheureux n'a pas au moins une fois en sa vie senti sa douce influence! Quel être assez dénué de cette sensibilité, noble apanage de la nature humaine, peut, en portant la main sur son cœur, ne pas s'écrier avec l'accent d'une intime conviction: *E pur si muove!...*

Non! l'amour, comme la vertu, n'est point une chimère! Ces deux déités, associées pour le bonheur de l'homme, habitent encore la terre; mais il faut savoir les reconnaître parmi la foule de masques qui portent leurs noms et leurs traits. Une grande beauté, un esprit supérieur, des talens brillans ne suffisent point pour faire naître un sentiment durable ; ces dons enchanteurs, frivoles et souvent dangereux, n'excitent dans l'ame que les sentimens qui se rattachent aux intérêts de la volupté ou de la vanité ; mais l'amour vrai, le seul enfin digne de ce nom si souvent usurpé, emprunte à la vertu tous ses charmes, tient de ses divins attributs sa pureté, son énergie et sa durée. Il se rattache même à tout ce qu'il y a de plus sublime dans nos espérances : « Aimerions-» nous donc tant, si nous ne de-» vions pas aimer toujours ! * » Ce sentiment est en quelque sorte le

* M. le comte Molé.

résultat de cette admirable et touchante sympathie qui s'établit d'une manière soudaine dans les ames vertueuses : lorsque ces ames de même nature se rencontrent, elles se reconnaissent, pour ainsi dire, à l'accent comme deux compatriotes au milieu d'un peuple étranger. Les philosophes qui ont cru à une préexistence, expliquent d'une manière ingénieuse ces rapports secrets, cet entraînement subit qu'éprouvent l'un pour l'autre des êtres bien différens de goûts, d'âge et d'humeur, et ces riantes fictions ne font que confirmer une vérité que des cœurs morts à toute espèce d'affection voudraient révoquer en doute.

Qui des deux sexes aime le mieux? C'est une question qui a été agitée dans la plus haute antiquité. Nous n'entreprendrons point sa discussion; cependant, sans réclamer pour notre sexe une supériorité qui pourrait être contestée, nous dirons seulement que le principe sur lequel l'amour vrai se fonde, nous porte à croire que le partage est égal : il y a des femmes qui n'ont aimé qu'une fois, il y a des hommes qui ont aimé toute la vie. Mais la femme peut-être par l'exaltation naturelle de son esprit, par la vivacité de ses sensations, par une certaine propension à la tendresse dont la nature, dans des vues sages et profondes, a été si prodigue envers elle, porte un cœur plus disposé à aimer sans réserve et toujours. Cet amour qui ne trouve de bonheur qu'à se dévouer dans ses sacrifices, qui vit d'espérance et d'avenir, pour lequel le temps et l'absence ne sont rien, et qui doit encore durer dans les cieux; cet amour tendre, passionné, généreux, fidèle, est le rêve brillant des jeunes années de la femme. C'est dans l'espoir de s'en rendre digne qu'elle orne sa personne de grâces et son cœur de vertus; long-temps elle poursuit à travers les amertumes de la vie la riante et trompeuse image dont elle porte le type dans son ame ardente. Malgré les dures leçons de l'expérience, elle conserve bien long-temps cette ravissante illusion, tandis que l'homme, aux premiers pas qu'il fait dans la carrière, la rejette avec dédain comme l'adolescent rejette un futile jouet de son enfance. C'est à cet amour que les femmes comprennent si bien, et que La Rochefoucauld a si cruellement calomnié, que convient surtout l'épigraphe de cette Nouvelle; c'est lui que nous avons voulu peindre dans la plus grande simplicité. Sans doute d'illustres exemples ne nous auraient pas manqué pour prouver à quel degré d'héroïsme sublime ou touchant cette passion peut porter le cœur d'une femme; mais cette générosité silencieuse, qui, selon nous, fait l'essence de l'amour vrai, ce renoncement à soi-même en faveur de l'objet aimé, tient de si près à la vertu, qu'il nous a semblé devoir mériter la préférence.

L'AMANTE.

❋

« Aimer, c'est être heureux du bonheur d'un autre. »

(*Lettre de Leibnitz à Thomas Burnett.*)

❋

Il y avait déjà près d'une heure que le soleil teignait d'opale, de pourpre et d'or, les neiges éternelles des hautes montagnes de l'Oberland [1]; le pic de l'Aigle, les sommités arides de la Ginnehorn, se coloraient des premiers feux du jour; le front étincelant de la Vierge, cette belle montagne, objet d'une douce et mystérieuse vénération pour les jeunes filles

[1] Partie du canton de Berne.

de la contrée, se dégageait lentement des légers nuages qui l'enveloppent la nuit comme d'un voile, et semblait se couronner des roses de l'aurore; un vent frais agitait la surface transparente du lac de Thun; tout annonçait une des plus riantes matinées du mois de mai, lorsqu'un groupe de voyageurs parut sous les aulnes qui ombragent les bords de l'Aare, et se dirigea vers une grande barque amarrée au rivage du lac. Ces étrangers étaient de ceux qu'attirent annuellement les beautés pittoresques du canton; ils se proposaient de visiter les glaciers du Grindelwalde et la charmante vallée de Lauterbrunnen. Parmi eux se trouvait la princesse héréditaire de W***. Elle venait de parcourir l'Italie, et en retournant en Allemagne sa patrie, elle voulait payer à ces montagnes célèbres le tribut d'admiration que leur doit tout amateur des beautés de la nature.

La princesse était accompagnée de ses deux filles, aimables enfans de dix à douze ans, d'une jeune Française leur institutrice, d'un chasseur et d'un autre domestique de confiance; le reste de sa suite était allé l'attendre à Berne où elle devait se rendre, après avoir parcouru la vallée.

La barque quitta bientôt le rivage et se dirigea vers les montagnes; le vent matinal enflait la voile et faisait glisser rapidement le léger esquif sur les ondes; le bruit régulier des rames que deux forts bateliers agitaient en cadence, le doux balancement que leurs mouvemens imprimaient à la barque, la fraîcheur du matin, le calme de toute la nature, charmaient les sens et invitaient à la rêverie, tandis que le magnifique spectacle qui s'offrait de toutes parts, pénétrait l'ame d'une religieuse admiration. La princesse, qui déjà avait traversé le lac Majeur et le lac Côme et visité leurs îles enchantées, s'engagea avec un des passagers dans une discussion assez vive sur les beautés de ces contrées, et celles qui s'offraient maintenant à ses yeux. L'étranger, né en Italie, défendit son pays avec chaleur; mais la princesse était Allemande, c'est-à-dire enthousiaste : elle ne céda point; elle cita Haller et les autres auteurs qui ont parlé de la Suisse comme on devrait en parler toujours, en poëte ou en artiste. Pendant le débat, la jeune institutrice s'était tenue éloignée de ce cercle animé : debout à l'extrémité de la barque, et plongée dans une rêverie profonde, elle semblait jouir de ce beau spectacle, et pourtant une teinte de tristesse tempérait l'éclat de son regard qui, après avoir lentement parcouru l'horizon, s'était arrêté vers le couchant et y paraissait fixé. C'était là qu'étaient la France et Lyon, sa patrie; en passant à Genève, elle avait salué avec émotion les eaux bleuâtres du Rhône, et leur avait confié l'adieu qu'elle faisait à sa ville natale. Depuis ce jour sa marche se dirigeait de plus en plus vers le nord, et par une sorte d'impulsion attractive, bien connue de ceux qui ont eu la douleur de quitter leur pays, ses yeux se reportaient avec une secrète mélancolie vers les lieux où elle était née et d'où l'avaient bannie la mort de ses parens et les discordes civiles.

Mademoiselle Valérie Dubreuil était

la fille unique d'un riche négociant de Lyon. Sa jeunesse sérieuse et occupée s'était écoulée sans connaître les joies ordinaires à cet âge : elle la passa près de sa mère attaquée d'une maladie longue et incurable; pendant qu'elle lui prodiguait les soins les plus touchans, plusieurs partis avantageux se présentèrent pour elle; mais Valérie, tout entière aux devoirs de la piété filiale, les refusa sans examen, et même la mort de sa mère ne changea pas sa détermination. Cette douloureuse circonstance et les événemens de la révolution, qui eurent lieu vers cette époque, l'empêchèrent de songer à aucun établissement. Elle avait déjà près de vingt-deux ans, lorsque son père, qui s'était fortement opposé aux mesures sanglantes des démagogues de cette époque, succomba victime des fureurs populaires ; il fut massacré avec plusieurs de ses amis dans une émeute qu'il avait voulu dissiper. Sa maison fut pillée, ses propriétés dévastées, et Valérie, qui s'était réfugiée à la campagne chez un curé oncle de sa mère, craignit bientôt pour lui les mêmes périls; tous deux prirent la fuite. Genève les recueillit, mais leurs faibles ressources furent bientôt épuisées, et le travail de la pauvre orpheline suffisait à peine pour soutenir leur existence, quand un banquier, qui avait été en relation d'affaire avec sa famille, lui proposa de la placer près de la princesse de W*** en qualité d'institutrice de ses deux enfans. Cette dame qui se rendait en Italie, avait chargé son banquier de lui présenter, lors de son passage à Genève, une jeune Française capable d'occuper cet emploi, et qui surtout consentît à l'accompagner dans ses voyages. Valérie avait reçu une excellente éducation dont elle avait profité. Un esprit juste, une raison prématurée, une grande douceur de caractère, la rendaient propre aux vues que l'on avait sur elle. Sans doute il lui était bien pénible de quitter le seul parent qui lui restât et qu'elle regardait comme un second père; cependant elle accepta cette proposition dans l'espoir d'être utile à son oncle d'une manière plus efficace. L'engagement qu'elle prenait devait durer six ans; on lui offrait, avec les avantages attachés à cette place, un traitement annuel de deux mille francs, et l'assurance d'une rente viagère du double de cette somme, lorsque l'éducation de ses élèves serait terminée.

La princesse arriva, Valérie lui fut présentée, et ayant été agréée elle entra de suite en fonction près d'elle. Après avoir dit adieu à son vieil oncle, elle suivit ses élèves à Milan, à Rome, à Naples et dans toute l'Italie. En quittant Genève, Valérie avait recommandé son oncle aux seuls amis qu'elle eût dans cette ville, et disposé d'avance en sa faveur d'une partie de son revenu; mais cet oncle révéré ne jouit pas long-temps de ces preuves d'une tendresse presque filiale : il y avait à peine six mois que Valérie était en Italie, quand elle reçut la nouvelle de sa mort; elle se trouva de nouveau orpheline et seule parmi des étrangers. Il fallut toute la bonté de la princesse et la tendresse de ses élèves pour relever le courage de ce cœur abattu par tant de pertes; le temps et la raison enlevèrent à sa douleur une partie de son amertume; mais ce dernier événement ne contribua pas peu à fortifier en elle un secret penchant à la mélancolie, penchant développé de bonne heure par les scènes de deuil qui avaient entouré sa jeunesse.

Cependant la navigation continuait, et Valérie, pour s'arracher à l'impression douce et cruelle que faisaient sur elle les souvenirs de la patrie, se rapprocha de ses élèves qui, courant çà et là dans la barque, causaient de vives frayeurs à leur mère. Elle sut bientôt captiver leur attention et exciter leur intérêt par ses remarques et ses récits variés. Elle leur fit admirer la beauté des sites qui les environnaient, les figures bizarres ou terribles que formaient tous ces monts s'élevant au-dessus les uns des autres, tantôt couronnés de neige, et tantôt couverts de forêts et de pâturages; ceux-ci portaient les ruines de quelques vieux châteaux-forts, ceux-là ne présentaient que des roches nues, arides, asiles des aigles et des vautours. Valérie leur raconta pourquoi la plus haute de ces montagnes se nommait *Jungfrau* ou *la Vierge;* comment le peuple du canton, d'après une ancienne tradition, la croyait tantôt la demeure de la Vierge sainte, et quelquefois la confondait avec la Vierge elle-même. Apparaît-elle au matin pure et brillante, les jeunes filles la regardent avec une innocente joie; mais lorsque de sombres nuages flottent autour d'elle comme de grands voiles, et cachent son front céleste, elles la croient irritée, et interrogent avec inquiétude leur conscience troublée. En passant devant la grotte du Mont-Béat, sur la côte septentrionale du lac, Valérie se plaît à redire aux jeunes princesses la touchante légende qui attribue à un miracle en faveur de l'amour conjugal, la forêt qui l'entoure, le ruisseau qui la rafraîchit, et les fleurs qui la décorent; et tirant ses crayons, elle trace sous leurs yeux une esquisse légère, mais fidèle, de l'aspect enchanteur qu'offre ce point de vue. Ces soins charment la longueur du voyage. La barque touche enfin les bords opposés au rivage de Thun et aborde à Unterséen.

Un grand tumulte agitait ce village d'ordinaire si paisible, c'était le jour où les troupeaux partaient pour les montagnes. Les jeunes filles se montraient sur les galeries des chalets, les mères attentives apportaient les provisions et les simples ustensiles nécessaires aux bergers pendant leur séjour sur les hauteurs voisines. Quelques jeunes pâtres, tenant de longues trompes de sapin appelées *Alpenhorn*, jouaient leurs airs favoris. Les bestiaux sortaient des étables, le bruit sonore des clochettes suspendues au cou des vaches retentissait de toutes parts; les plus belles d'entre elles, qui devaient conduire le troupeau, accouraient à la voix de leurs guides, et leurs joyeux mugissemens se mêlaient au tumulte général. Dans ce moment il fut impossible aux gens de la princesse de se procurer les voitures nécessaires pour parcourir les montagnes. La grande rue se trouvant encombrée par le cortége champêtre, la princesse et sa suite portèrent leurs pas à gauche du village vers une petite maison nouvellement construite, et qui, ombragée par de grands arbres, promettait un repos agréable en attendant qu'on eût trouvé des voitures.

Près de la porte de cette chaumière était un vieillard dont le front chauve et l'air vénérable attiraient l'attention et l'intérêt; un reste de cheveux blancs poudrés avec soin, un costume qui tenait à la fois du soldat et du paysan, un médaillon de drap rouge orné de deux épées croisées, annonçaient un ancien serviteur du roi de France. Une jeune femme était agenouillée près de lui; elle enveloppait ses jambes à demi paralysées dans des peaux de brebis. Quand elle eut fini, elle posa près de lui, sur une petite table, sa pipe et son tabac, derniers plaisirs du vieillard puis elle resta un moment immobile, comme occupée à deviner s'il ne lui manquait rien, et ne parut s'apercevoir de l'arrivée des étrangers que lorsqu'ils furent près d'elle. La princesse demanda si elle ne pourrait procurer à ses enfans de quoi déjeuner; la jeune femme répondit avec obligeance, en s'excusant pourtant de ne pouvoir offrir que du pain, des œufs et du lait; tout fut accepté avec empressement. L'air vif des montagnes, la traversée du lac, avaient aiguisé l'appétit des jeunes filles. La paysanne fit aussitôt entrer les dames dans une salle basse, dont les fenêtres à vitres rondes donnaient sur le lac. Un vaste poêle de terre vernissée remplissait le fond de la chambre; une table de bois de sapin, couverte d'une natte fine en écorce colorée, en occupait le milieu; en face de la porte, un autre meuble en noyer d'une forme antique et ciré avec soin, supportait un grand vase de fleurs; au-dessus pendait à la cloison un joli paysage, dans un cadre de bois noir. L'effet, la couleur et l'ensemble de cet ouvrage attirèrent sur-le-champ l'attention de Valérie, elle cultivait elle-même la peinture, et jamais encore elle n'avait vu l'aspect du ciel, des feuillages et des eaux rendu avec autant de vérité, et avec aussi peu de moyens, car ce n'était qu'une aquarelle.

« Qui a fait cela ? » demanda-t-elle vivement à la jeune femme qui pendant ce temps s'occupait à couvrir la table des mets qu'elle avait promis. A l'accent de Valérie, elle jugea qu'elle était Française, et se mit à sourire. « Le cœur ne vous le dit-il pas ? C'est un Français, c'est un de vos compatriotes, il est aussi bon qu'il est savant; c'est l'ami de mon mari, mon bienfaiteur, car je lui dois tout le bonheur dont je jouis... » En disant ces mots avec attendrissement, elle prit dans ses bras un petit enfant aux cheveux blonds, aux joues fortement colorées, qui se tenait timidement près de la porte, et le couvrit de baisers.

La princesse demanda quelques détails, et la jeune femme ne s'y refusa point.

Frénely [1] était son nom, elle était fille du vieux vétéran; son père avait servi dans la garde suisse de Louis XV, et s'était retiré dans son pays avec une espèce de petite fortune, qui rendait sa fille unique un assez bon parti. Elle était si vigilante et si bonne ménagère,

[1] Diminutif de *Verène,* nom suisse.

qu'un riche possesseur de troupeaux l'avait demandée en mariage, et l'aubergiste d'Unterséen lui avait offert, avec la main de son fils, l'hôtellerie célèbre où depuis plus de quarante ans il accueillait les voyageurs. Mais la fille du vieux Moritz refusait leurs hommages, elle aimait un simple pâtre; Rudly était un pauvre conducteur de troupeaux; il ne possédait ni étables ni richesses, mais il était honnête, actif et laborieux; tout le village l'aimait, et dans les jeux auxquels s'exerçait le dimanche la robuste jeunesse d'Unterséen, il était toujours le premier à la course, à la lutte et au palet; enfin il aimait et il avait su plaire, mais le père Moritz, fier d'avoir servi le roi de France, ne voulait pour gendre qu'un homme riche.

Il arriva vers cette époque qu'un

jeune Français, qui se faisait appeler monsieur Eugène, vint visiter les montagnes et loua une chambre chez le vieux vétéran pour tout le temps que devait durer son séjour dans ce canton. On ne savait ni qui il était ni d'où il venait, mais il était si bon, si peu exigeant, il aimait tant à obliger, qu'il se fit bientôt l'ami de ses hôtes : un motif secret, il faut le dire, lui avait valu surtout une prompte affection de la part de la jeune fille. Monsieur Eugène, qui faisait chaque jour des collections de plantes, d'insectes et de minéraux, avait rencontré Rudly dans les montagnes, et dans une circonstance dangereuse, celui-ci, par sa force et son adresse, lui avait sauvé la vie. Ce service établit entre eux des relations d'amitié; le jeune Français reçut bientôt les tristes confidences de

Rudly, il le consola plus d'une fois en lui portant sur les Alpes solitaires où il errait avec les troupeaux qui lui étaient confiés, un doux souvenir de Frénely ou quelques mots d'espoir; il fit plus, car il parla au père Moritz en sa faveur; mais le vieillard obstiné ne voulait rien entendre, et les jours s'écoulaient sans apporter aucun changement dans le sort de Rudly, lorsqu'un événement, qui remplit d'effroi tout le village, décida tout-à-coup son bonheur.

Un matin, un étranger, bien mis et d'un extérieur respectable, vint demander à la fille de Moritz de laisser se reposer chez elle sa femme et sa fille : cette dernière étant un peu malade, ses parens n'avaient pas voulu la faire entrer dans l'auberge trop bruyante, et que les fumeurs emplissaient d'une vapeur étouffante. En même temps deux dames à cheval, suivies d'un domestique, s'avancèrent : la mère paraissait fort inquiète, car sa fille, pâle et délicate, pouvait à peine se soutenir. On aida la jeune personne à descendre de cheval, et comme l'air du matin était un peu froid, quoiqu'on fût alors au milieu du mois de juin, on alluma du feu pour réchauffer ses membres engourdis; on lui servit du lait chaud, et bientôt elle sentit un tel besoin de dormir que ses yeux se fermaient malgré elle; elle paraissait avoir douze à treize ans, et à toute l'ingénuité de l'enfance elle joignait déjà la grâce touchante d'une jeune fille. Du ton le plus doux et le plus tendre, elle conjura ses parens d'aller sans elle aux glaciers, but de leur voyage. « Confiez-moi aux soins de cette obligeante fille, dit-elle en montrant Frénely. Avant le soir vous serez de retour; j'éprouve un si grand besoin de repos, que je n'y saurais résister; quelques heures de sommeil m'ôteront ma fatigue et me rendront la force de continuer le voyage. » A cette proposition, l'étranger hésita; rappelé dans sa patrie par des ordres supérieurs, il n'avait plus qu'un jour à donner à ses plaisirs, il devait le lendemain se mettre en route pour retourner à Vienne, près de l'Empereur. Sa tendresse paternelle balançait dans son cœur le désir qu'il avait de visiter les glaciers, et surtout de faire connaître cette contrée pittoresque à sa femme. Celle-ci aurait bien voulu ne pas quitter sa fille, mais la crainte de mécontenter son mari l'empêchait de se prononcer. Frénely, témoin de leur indécision, les assura qu'ils pouvaient sans crainte lui confier la jeune demoiselle, qu'elle en aurait le plus grand soin, et qu'elle ne quitterait pas la maison de toute la journée. Les parens acceptèrent enfin la proposition ; Frénely conduisit la jeune étrangère dans sa chambre : ses parens, après l'avoir tendrement embrassée, partirent accompagnés de leur domestique.

Il y avait environ deux heures qu'ils avaient quitté Unterséen ; Frénely, qui peu de momens auparavant avait été voir si la jeune demoiselle n'avait besoin de rien, s'occupait alors des soins du ménage ; elle rangeait les vases dans a laiterie, et de temps en temps s'approchait de la porte pour écouter la flûte sauvage de Rudly qui, placé sur es hauteurs voisines, faisait entendre son air favori. Elle crut voir une fois une vapeur obscurcir un instant la lumière du soleil, mais elle y fit peu d'attention; une fois aussi il lui sembla que le cheval de l'étrangère, qu'on avait mis dans l'étable, frappait violemment la terre du pied, et hennissait avec impatience; elle alla voir s'il ne serait pas embarrassé dans sa bride, et aperçut avec terreur une fumée noire sortir en tourbillonnant du toit de chaume de l'étable, qui communiquait d'un côté avec le bâtiment principal. En peu d'instans tout fut en feu: Frénely, songeant tout-à-coup que son vieux père, malade, était resté ce jour-là dans son lit, se précipite dans la maison; ses cris de désespoir appellent les voisins à son secours. A la vue des flammes, ceux même qui étaient aux champs accoururent. Frénely, suffoquée par la fumée, était parvenue près du vieillard, elle s'efforçait, mais en vain, de l'arracher de son lit ; tout-à-coup elle se sent saisie par deux bras nerveux qui l'entourent et la transportent, à demi évanouie, loin de ce lieu d'horreur ; elle avait à peine recouvré ses sens, qu'elle vit son père sain et sauf à côté d'elle : le même bras qui l'avait arrachée à la mort avait sauvé son père; c'était Rudly.

Dans ce moment, les voisins, habitués à combattre ces incendies trop fréquens dans un pays où tous les bâtimens sont en bois, s'étaient rendus maîtres du feu ; on avait soustrait aux flammes tout ce qu'on jugeait précieux ou utile ; et ces sortes d'habitations étant faciles à reconstruire, on laissait celle-ci tranquillement brûler après avoir coupé toute communication avec les demeures voisines. Le jeune Français venait d'arriver ; témoin de ce désastre, il cherchait à consoler le vieillard qui déplorait la perte de sa chaumière, lorsque des cris plaintifs frappèrent son oreille. Il court derrière la maison, du côté où le feu avait commencé, et aperçoit sur un reste de galerie à moitié consumée une jeune fille demi-nue qui lui tendait les bras; c'était l'étrangère que tout le monde avait oubliée. Ses longs cheveux blonds flottaient sur ses épaules; son beau visage était pâle; elle pleurait et appelait sa mère d'une voix déchirante. Dans ce moment, un nouveau tourbillon de flamme s'élança du bâtiment en ruine; et gagna la partie encore intacte où se trouvait l'infortunée. Elle disparut au milieu de la fumée; on n'apercevait plus que la blancheur de ses habits, on n'entendait plus que son faible gémissement. A cette vue, le jeune homme s'élance à travers les débris fumans du petit bâtiment qui vient de s'écrouler ; il espère, en montant sur les poutres, parvenir à la hauteur de l'enfant ; mais c'est en vain qu'il l'encourage de la voix et du geste à se jeter dans ses bras. Une trop grande distance les sépare encore, ou du moins la crainte semble retenir la jeune étrangère immobile. Le péril qu'elle court est si imminent, qu'Eugène n'ose la quitter pour aller chercher du secours ; ses cris sont étouffés par le bruit des flammes, le craquement des poutres et le tumulte général ; enfin, n'écoutant plus que son désespoir, et voulant à tout prix la sauver, il grimpe avec une agilité prodigieuse sur les débris de l'escalier à demi consumé, parvient jusqu'à l'enfant, la saisit dans ses bras, et, mesurant de l'œil un amas de fumier assez loin de-là, il s'élance, chargé de son précieux fardeau, et tombe, sans se blesser sur la litière amoncelée. A cet instant la galerie, ébranlée par la secousse qu'il vient de lui donner, s'écroule, et avec elle la charpente contre laquelle elle était adossée. Eugène se relève, et portant toujours la jeune fille, il se hâte de sortir de ce lieu dangereux. En traversant le verger il rencontre Frénely, qui, revenue à elle-même, accourait et se tordait les mains avec désespoir, en songeant au sort de l'enfant confié à ses soins. Tout-à-coup elle l'aperçoit, presque privée de sentimens, sur l'épaule de son libérateur; elle tombe à genoux en appelant toutes les bénédictions du ciel sur le généreux jeune homme. Rudly et tous ceux que ses cris ont rassemblés s'empressent autour de la jeune enfant, qui, insensible à ce qui se passe autour d'elle, semble n'avoir conservé de faculté que pour répondre aux soins de son libérateur : son grand œil bleu, plein de trouble et d'effroi, se fixe sur lui seul; ses bras ne peuvent se détacher de son cou qu'elle a saisi au moment de sa chute, et ses lèvres tremblantes répètent à voix basse : « Ma mère ! ô ma mère ! il m'a sauvée ! »

Eugène la porta lui-même dans une maison située à l'entrée du village ; un profond évanouissement avait succédé à son agitation nerveuse. Peu à peu les soins du jeune homme et ceux de Frénely la rappelèrent à la vie; il la fit placer sur un lit et s'assit auprès d'elle, car la jeune étrangère tenait toujours sa main et laissait échapper un murmure plaintif quand il voulait la retirer. Le sommeil ne tarda pas à s'emparer d'elle ; avant que de s'endormir elle ouvrit tout-à-coup les yeux, se souleva à moitié sur son lit, écarta ses cheveux qui tombaient en désordre sur son visage, et jeta sur le jeune homme un regard dans lequel son ame parut passer tout entière, tant il contenait de reconnaissance. On eût dit qu'elle voulait imprimer ses traits dans sa mémoire d'une manière ineffaçable. Après l'avoir ainsi examiné quelque temps, elle fit un petit signe de tête qui répondait à sa pensée; puis, joignant les mains, elle se mit à pleurer en répétant d'une voix émue les noms de son père et de sa mère.

Eugène, attendri, la pria de se calmer, si elle voulait épargner à ses parens le chagrin de la retrouver malade, et l'engagea doucement à reposer. Elle obéit en souriant; sa tête retomba sur l'oreiller, ses yeux se fermèrent, et au bout de quelques minutes, sa respiration, douce et régulière, apprit au jeune homme qu'elle était endormie. Il la recommanda aux soins de la maîtresse de la chaumière et sortit avec Frénely pour aller retrouver le vieux Moritz, qui, tristement arrêté devant les débris de sa demeure, ne pouvait s'arracher de ce lieu funeste. Eugène s'approcha du vieillard, et, lui prenant la main avec cordialité : « Eh bien, père Moritz, lui dit-il, vous regrettez votre chaumière ! Il faut maintenant des bras pour la relever ; voici l'instant d'assurer le bonheur de votre fille : consentez à son mariage avec celui qui a sauvé votre vie et la sienne ; à ce titre seul elle lui appartient, et moi, à cette condition, je m'engage à rétablir avant un mois votre demeure telle qu'elle était hier. »

Le malheur et la reconnaissance avaient attendri le cœur du vieux soldat. Sa fille était à ses genoux, Rudly se tenait modestement à l'écart. Sur un signe de son jeune protecteur, il s'approcha; le vieillard prit la main du pâtre, et, la mettant dans celle de Frénely : « Mon fils, dit-il avec un peu d'embarras, elle est maintenant aussi pauvre que toi; mais la bénédiction du Dieu y suppléera. »

Vers la fin du jour les parens de la jeune demoiselle revinrent des montagnes. Quel fut leur effroi en apprenant le danger qu'avait couru leur chère enfant! Ils demandaient partout son libérateur; mais celui-ci s'était dérobé à leur reconnaissance; il était parti pour Berne avant la nuit, dans l'intention d'y vendre une précieuse collection des vues qu'il avait prises dans les montagnes, et dont il destinait le prix à remplir la promesse faite au vieux Moritz.

M. de Beurnitz, c'était le nom du père de la jeune personne, attendit le lendemain jusque dans l'après-midi, espérant toujours voir celui qui lui avait conservé sa fille; ce fut en vain. Forcé par un devoir impérieux de se rendre à jour fixe au lieu de sa destination, il ne put retarder son départ. Avant de quitter Unterséen, il prit tous les renseignemens possibles sur le nom, l'état et la fortune du jeune homme; mais ses hôtes ne purent lui en donner que de fort vagues. Il était Français; ses manières, disait le vieux soldat, étaient distinguées; il était humain, généreux; du reste on ne le connaissait que sous le nom d'Eugène, et il paraissait avoir embrassé la vie d'artiste. Ce fut tout ce qu'il put en apprendre. Il remit alors entre les mains du vieillard une lettre adressée au jeune inconnu, contenant les expressions de sa vive reconnaissance, et des offres de services faites avec la plus grande délicatesse; il invitait le libérateur de sa fille à se faire connaître, en ajoutant que le jour où il lui donnerait cette preuve d'amitié, serait le plus beau de sa vie. Il joignit à cette lettre son adresse à Vienne. La mère de la jeune fille remit en même temps à Moritz une bague remarquable par sa forme et l'éclat de la pierre qui la décorait, et lui dit, les larmes aux yeux: « Remettez cet anneau à votre jeune ami, et dites-lui que c'est un souvenir de la tendre affection d'une mère, qui se plaît dès ce moment à le regarder comme un fils. »

La jeune demoiselle était inconsolable de partir sans avoir revu le généreux inconnu. Vingt fois, avant d'entrer dans la barque qui devait les reconduire à Thun, où leur voiture les attendait, elle alla sur la route de Brientz pour guetter son retour. « Dites-lui bien, répétait-elle à Frénely, que l'enfant qu'il a sauvée pensera à lui toute sa vie; que désormais je prierai chaque jour Dieu et ses anges de veiller sur lui. Oh! dites-lui bien que Véronica ne l'oubliera jamais!... »

Ils partirent enfin : trois jours après, Eugène revint à Unterséen; il amenait avec lui des ouvriers pour remplir sa promesse. La maison fut rebâtie, le mariage eut lieu, et le jeune couple lui dut son bonheur. Il reçut avec attendrissement la bague de madame de Beurnitz, et les marques de reconnaissance de toute la famille : le service qu'il avait rendu lui paraissait si simple, qu'il se félicitait presque que son absence l'eût dérobé aux remerciemens; aussi, loin de s'en prévaloir, et de chercher à donner suite à ces offres obligeantes, il garda l'anneau comme un doux et honorable souvenir, mais il laissa la lettre sans réponse.

« Deux ans se sont écoulés depuis cette époque, ajouta Frénely en terminant son récit; nous n'avions plus revu M. Eugène. Il est enfin arrivé il y a un mois, et m'a donné cette belle peinture pour orner notre salle; il a quitté Unterséen ce matin avec Rudly, pour se rendre sur le Venger-Alpe, où sont nos troupeaux; et peut-être ne le reverrai-je pas de si tôt; car il peut partir de-là sans en rien dire à personne, pour faire une tournée dans les montagnes: c'est sa manière... »

Ce récit intéressa vivement la princesse; elle y trouvait quelque chose de romanesque et de touchant qui excitait en elle le désir de voir le jeune peintre. Valérie avait été plus d'une fois attentive en écoutant la paysanne. L'éloge d'un compatriote dans une bouche étrangère est toujours si doux au cœur de l'exilé! La princesse, qui faisait profession d'aimer les arts, ne pouvait se lasser d'admirer le paysage qui avait donné lieu au récit de la jeune femme; elle en faisait remarquer le mérite à Valérie avec cet enthousiasme qu'elle mettait à tout ce qui la frappait un peu vivement. Le ton vaporeux des nuages, la transparence des ombres, la légèreté des feuillages, tout la ravissait et augmentait le regret de ne pas voir le jeune artiste lui-même : Valérie, pendant ce temps, gardait le silence; mais elle portait son regard attendri tantôt sur la jeune mère et son enfant, tantôt sur le vieillard qu'elle apercevait à travers la porte.

Tout le bien-être et le bonheur de cette famille était aussi l'ouvrage du jeune inconnu, et un secret orgueil se mêlait à son attendrissement, en entendant la Suissesse ajouter comme complément à son éloge : « Au reste, c'est un Français !... »

Cependant, la matinée s'avançait : deux de ces chars rustiques, appelés *waiguely*, avaient été amenés devant la porte. Le déjeuner était fini ; les dames quittèrent la chaumière en y laissant des marques de leur libéralité, et s'enfoncèrent dans la vallée qui conduit à Lauterbrunn ; elles saluent en passant les ruines imposantes du vieux château d'Unspunnen, qui s'élèvent encore sur les crêtes du haut Metzin, habité jadis par Berthold, fondateur de l'antique cité de Berne. Elles suivent pendant quelque temps les bords de la blanche

Lutschine. Le bruit des chutes d'eau qui descendent des montagnes et traversent la route étroite pour se rendre dans le torrent; l'air embaumé par l'odeur aromatique des sapins et des mélèzes en fleurs; la vue des chalets dispersés dans le creux des vallons, la mélodie sauvage, mais douce de la flûte des bergers, tout jette dans l'ame un vague sentiment de bien-être et de joie qu'on n'éprouve que dans ces contrées. Bientôt le vallon se rétrécit; une sorte d'obscurité, causée par la hauteur des montagnes, le couvre peu à peu; le soleil ne pénètre plus au fond de la gorge étroite et profonde que suivent les voyageuses; marchant sous une voûte épaisse de feuillages, elles n'aperçoivent plus le ciel qu'à de rares intervalles; les mugissemens des torrens, répercutés par les échos des cavernes voisines, augmentent d'intensité; mais un bruit plus imposant encore, et dont l'effet, semblable aux roulemens continus du tonnerre, domine tous les autres, se fait entendre progressivement; les guides des waiguely hâtent leurs chevaux, et au détour d'un rocher, les voyageuses poussent un cri d'admiration à la vue du spectacle qui s'offre à leurs regards.

La vallée s'élargit tout-à-coup: « Un » de ses flancs, semblable à un mur » gigantesque élevé par des Titans, » s'étend sur la droite à une prodi- » gieuse hauteur. Du haut de ce rem- » part formé de bancs de rochers, un » fleuve s'élance du ciel; il brille aux » rayons du soleil, il flotte dans l'air, » et se déploie aux vents comme une » écharpe d'or; sa source aérienne » semble cachée dans les nuages; brisé

» dans sa chute impétueuse par une
» roche qui s'avance en saillie sur la
» paroi des rochers, il se dissout en
» brouillard, et ne forme plus qu'une
» nue vaporeuse, où viennent se jouer
» les vives couleurs de l'arc-en-ciel[1]. »
C'est le Staubbach, c'est la cascade chantée par Haller, c'est la merveille du vallon de Lauterbrunnen.

La princesse a donné l'ordre d'arrêter, et ses yeux errent avec admiration autour d'elle. Ici des monts formidables, dont le front se cache dans les cieux, avancent dans la plaine leurs croupes chargées de chênes que chaque printemps voit reverdir; plus haut l'ombre éternelle des sapins fournit aux troupeaux la fraîcheur et le repos pen-

[1] Imitation d'un passage de Haller.

dant les ardeurs de la canicule. Les eaux que distillent les flancs de ces montagnes portent avec elles la fécondité; partout où la pierre et le bois laissent place à l'industrie de l'homme, on voit de vertes pelouses couvertes de bestiaux, des usines où se réduisent en planches minces les troncs énormes des sapins, des toits rustiques où se fabriquent les fromages et le kirchenwaser, douces richesses de ces contrées : de toutes parts, l'œil s'arrête avec complaisance sur des champs cultivés et des cabanes entourées d'arbres en fleurs, tandis que vers le nord, et au-dessus de tous ces monts qui semblent protéger cette heureuse vallée, la Vierge s'élève étincelante des feux du jour, comme une image sévère de l'immuabilité de la nature.

Le désir de voir la cascade de plus

près s'empare des jeunes filles, elles veulent pénétrer sous la voûte humide que forment dans leur chute les flots du Staubbach ; un guide les précède, leur mère et Valérie les suivent ; toutes parviennent enfin sous la cascade et ne trouvent qu'une épaisse vapeur qui mouille leurs cheveux et pénètre leurs habits. L'eau ruisselle en filets d'argent sur les flancs bruns du rocher, filtre au travers des mousses qui le tapissent, brille sous les verts réseaux des capillaires ou des scolopendres, et fuit entre les plantes aquatiques qui couvrent le sol humide. Un bassin circulaire creusé par la chute lente mais continuelle de quelques gouttes d'eau, se remplit d'une manière inaperçue ; sans les mille ruisseaux qui s'en échappent et courent à travers les rocs et les broussailles, on douterait si l'on est réellement sous l'arche même du torrent.

Les jeunes princesses recueillirent les fleurs et les plantes rares qu'elles voulaient conserver comme un souvenir de leur voyage ; mais bientôt la difficulté de respirer au milieu de l'épais brouillard qui les environnait força les voyageuses à regagner la route. Elles s'arrêtèrent sur une éminence où les gouttes d'eau chassées par le vent ne pouvaient les atteindre, et séchèrent aux rayons du soleil leurs vêtemens humides.

Le temps était si doux et le chemin si agréable, qu'elles se décidèrent à aller à pied jusqu'au petit village de Lauterbrunnen, dont elles apercevaient déjà les cabanes dispersées sur les bords de la Lutschine. Quand elles y arrivèrent, l'ombre projetée par les hautes montagnes le couvrait déjà en partie, car dans cette gorge profonde les jours sont courts, et tandis que la lumière et la vie animent encore pendant plusieurs heures le sommet des monts et les plaines voisines, l'obscurité et le silence règnent depuis long-temps dans la vallée.

Les voyageurs se hâtent d'arriver à l'unique hôtellerie ouverte aux étrangers, et comme la journée était déjà trop avancée pour entreprendre d'autres courses, elles en donnèrent le reste au repos. Des fenêtres de la petite salle où on leur servit à dîner, on apercevait la cascade et une partie des glaciers de Grindelwald; une promenade sous les merisiers qui entouraient le village, termina la journée: la princesse fatiguée, se retira de très-bonne heure; Valérie et ses élèves restèrent encore quelques instans dans le verger de l'hôtellerie ; et là sous les arbres en fleurs, en présence d'une nature imposante, elle eut avec les jeunes filles, selon la coutume qu'elle en avait chaque soir, un de ces entretiens dans lesquels se développait sa belle ame, et qui remplissaient celle de ses jeunes pupilles d'amour et de reconnaissance envers Dieu et leurs parens. Elle s'appliquait surtout à maintenir entre elles le doux sentiment de l'amour fraternel, souvent altéré par l'humeur impérieuse de l'une et par la susceptibilité de l'autre; un petit incident du voyage servit de texte à son instruction ; sa douceur, sa raison, sa tendre indulgence, inspirèrent aux jeunes filles les résolutions les plus généreuses pour vaincre leurs défauts, et les larmes de regret et d'attendrissement qui accompagnaient ces promesses, lui prouvèrent qu'elles étaient sincères.

Tandis qu'en serrant dans ses bras les deux aimables enfans, elle leur faisait jurer de s'aimer toujours, Valérie vit à peu de distance un jeune homme qui paraissait regarder cette petite scène avec un vif intérêt. Son attitude, sa main posée sur la barrière qui fermait le verger, prouvaient qu'au moment de l'ouvrir, il s'était arrêté involontairement, surpris par le spectacle qui s'offrait à ses yeux. Le regard de Valérie, la rougeur subite qui couvrit son visage, l'avertirent de son indiscrétion. « Ah! pardon, Mademoiselle, » dit-il avec un peu de confusion. Aussitôt, saluant à la hâte, il ouvrit la barrière et disparut sous les arbres.

Ce peu de mots fit tressaillir Valérie; à l'accent elle avait reconnu un Français; c'était donc un compatriote. Elle rentra toute pensive; elle n'avait point oublié que la paysanne d'Unterséen avait dit que le matin même le jeune Français qu'elle appelait son protecteur, était parti pour une excursion dans les montagnes. Si c'était lui que le hasard avait offert ce soir à sa vue? Cette supposition la fit sourire, et pourtant jeta un peu de préoccupation dans son esprit; elle eût voulu éclaircir ses doutes; mais les gens de la princesse étaient déjà retirés, et elle ne pouvait quitter les enfans qui lui étaient confiés; il fallut donc remettre au lendemain à satisfaire sa curiosité. Cependant, comme elle ne pouvait dormir, elle ouvrit la porte de sa petite chambre, s'avança sur la galerie qui régnait autour de la maison, et s'appuya sur la balustrade. Les parfums et la fraîcheur enchantaient cette belle nuit; un vent léger agitait la cascade dont la blancheur s'apercevait au milieu de l'obscurité. Le ciel brillant d'étoiles était encore éclairé vers l'occident par la lueur rougeâtre qui suit le coucher du soleil. Valérie jouissait de ce beau spectacle avec cette plénitude de sensation qui n'appartient qu'aux ames jeunes et tendres, et pour lesquelles les beautés de la nature ne sont en quelque sorte que les images réelles des pensées sublimes ou passionnées qu'elles recèlent. Tout-à-coup les sons d'une flûte se firent entendre et mêlèrent le charme de la mélodie à cette scène déjà si féconde en émotions;

le cœur de la jeune Française battit avec violence en reconnaissant l'air si doux de Lucile, *Où peut-on être mieux?* air charmant qui, en rappelant à l'exilé les joies et les douceurs du foyer domestique, était devenu un chant national, cher et sacré aux Français bannis sur la terre étrangère. Ce chant, qui d'ordinaire n'exprime qu'une douce gaieté, empruntait alors de la lenteur du mouvement une tendre et religieuse tristesse; c'était comme un hymne d'amour et de regret à la patrie absente, et le contraste que formait le sens bien connu des paroles avec la mélancolie de l'expression, frappa douloureusement l'ame de Valérie, car il lui rappelait qu'elle était désormais sans parens et sans patrie. Cependant la mélodie changea insensiblement de caractère, des sons moins connus détournèrent les idées de Valérie de leur cours ordinaire : c'était une valse, et comme si le musicien eût voulu ramener ses propres pensées aux lieux où il se trouvait, la valse prit peu à peu le mouvement des chants montagnards, et se termina par le ranz des pâtres d'Hasly où se peint à la fois la simplicité de mœurs et l'humeur rêveuse de ses heureux habitans.

Tant que la flûte se fit entendre, Valérie ne put quitter la galerie ; elle écouta jusqu'à ce que le plus faible des échos eût répété le dernier son. Il mourut enfin ; le bruit sourd du torrent, le bruit plus distinct et plus irrégulier de la cascade qui variait selon que le vent accélérait ou ralentissait sa chute, régnaient seuls maintenant dans toute la solitude. Valérie jeta encore un dernier regard sur la contrée, et rentra le cœur plein d'un vague sentiment de bonheur, causé peut-être par la pensée qu'un compatriote habitait près d'elle.

A son réveil, son premier soin fut de hasarder quelques questions sur le joueur de flûte. L'hôtesse lui apprit qu'en effet un jeune Français avait couché à Lauterbrunnen, qu'il y était connu depuis plusieurs années, parce qu'il y venait de temps en temps pour recueillir des plantes, des minéraux, et prendre des vues dans les environs.

A ces détails, l'idée que le peintre d'Unterséen et le jeune homme en question étaient la même personne, se présenta de nouveau à l'esprit de Valérie, et bien que cette supposition fût un peu romanesque, elle y trouvait tant de charme qu'elle se sentit presqu'affligée quand l'hôtesse ajouta : « Que l'étranger était parti le matin même pour l'Oberhasly, et que de-là il pourrait bien reprendre la route de Berne par Grindel. »

Sans s'en rendre compte, Valérie éprouva un léger dépit de ce prompt départ; il détruisait une douce et chère espérance, celle de voir l'homme qu'elle estimait déjà sans le connaître. Mais cette fâcheuse disposition dura peu, et à la voix de la princesse, elle courut s'occuper des soins du départ.

On prit pour guides deux fils de la maison, grands et forts montagnards, dont les formes athlétiques contrastaient avec leur blonde chevelure et la douceur de leur physionomie. Ils étaient armés de leurs longs bâtons ferrés, et portaient avec eux une de ces litières légères destinées à transporter plus commodément les femmes, quand les rudes sentiers des montagnes sont trop pénibles à gravir, ou à les délasser des fatigues du voyage. On y plaça d'abord les deux jeunes filles, la princesse prit le bras de Valérie, et les domestiques fermèrent la marche.

Après avoir traversé la Lutschine sur un pont de bois, la petite caravane prit le sentier tortueux du Tchuggen, qui s'élève peu au-dessus des vallons couverts alors des brouillards du matin. De moment en moment, le sentier devenait plus rude; mais la princesse et Valérie, accoutumées à ces sortes d'exercices, supportaient avec courage une fatigue dont les dédommageaient amplement les magnifiques points de vue qui se déployaient de toutes parts sous leurs yeux. Enfin après deux heures de marche, les voyageuses atteignirent les pelouses qui forment la première esplanade de ces Alpes. On fit halte, et l'on étala sur un quartier de roche, à l'ombre d'un vieux mélèze, les provisions apportées. De cette élévation prodigieuse, l'œil plongeait sur les vallées environnantes; déjà celle de Lauterbrunnen, à demi cachée par les vergers qui la décorent, n'apparaissait plus que comme un amas de mousse dans le creux d'un rocher, et le torrent impétueux qui l'arrose ressemblait à un dessin tracé par un fil d'argent sur une étoffe de couleur sombre. Les bruits de la plaine ne parviennent plus à ces solitudes, si ce n'est quelquefois le son de la clochette d'une génisse égarée; mais on y entend le cri perçant de l'aigle qui a suspendu son aire aux sommets inaccessibles qui les dominent. La verdure même et les fleurs semblent participer du caractère de beauté éternelle de ces montagnes. Un épais gazon, dont la fraîcheur est entretenue par les nuages qui se rassemblent autour de ces cimes altières, couvre le sol. Des fleurs plus belles et plus odorantes que celles de la plaine attirent les yeux; jamais la moindre poussière n'a flétri leurs couleurs; elles s'ouvrent aux rayons du soleil, brillent pour lui seul, et pour lui seul exhalent leurs plus doux parfums.

En voyant cette foule de plantes qui rivalisaient toutes d'éclat et d'odeurs, la princesse se rappela ces beaux vers de Haller sur les plantes alpines.

« Là, quand le soleil pénètre les lé-
» gers brouillards et essuie les pleurs
» de l'humide contrée des nuages, tout
» brille de l'éclat de cette lumière qui se
» joue sur les feuilles et ranime la nature.

» L'air se parfume alors d'une pure

» vapeur d'ambre, doux tributs re-
» cueillis par les zéphirs sur les fleurs [1];
» dans la foule nombreuse et bigarrée
» de ces dernières, chacune semble
» briguer le premier rang; l'éclat d'un
» bleu céleste efface celui d'un jaune
» pareil à l'or.

» C'est là qu'on voit la noble gentiane
» élever sa tête altière au-dessus de
» l'humble cortége des plantes vulgaires
» qui l'entourent; tout un peuple de
» fleurs reconnaît sa bannière, sa sœur
» elle-même la révère et incline devant
» elle ses pavillons d'azur. Ses nom-
» breuses corolles éclatantes et enri-

[1] Les plantes sont infiniment plus odorantes sur les Alpes que dans les vallées; celles même qui ailleurs n'ont que peu ou point de parfum acquièrent là une douce odeur de narcisse, telles que les auricules, les renoncules, la pulsatille, etc. (*Note de Haller.*)

» chies de rayons s'élèvent en corymbes
» et couronnent son obscur vêtement ;
» ses feuillages, d'un vert sombre, par-
» semés des gouttes de la pluie, étin-
» cellent comme des diamans humides;
» la puissance s'unit en elle à la grâce :
» telle dans un beau corps habite quel-
» quefois une ame encore plus belle. »

Mais ses yeux cherchaient vainement, parmi ces groupes de fleurs, *la noble gentiane*. « Je crois, dit Valérie qui avait quelque connaissance dans l'aimable science des fleurs, que cette belle plante à haute tige, à fleurons d'or, doit être la fleur de Haller. » Elle appuya son opinion de quelques remarques fort justes; mais la princesse ne voulait pas s'y rendre. Dans ce moment elles aperçurent un peu au-dessous de l'endroit où elles se trouvaient, un jeune homme qui paraissait comme elles occupé à examiner des plantes. « Bon! s'écria la princesse, voilà un botaniste, sans doute il va nous mettre d'accord.... Allez, dit-elle à l'un de ses gens, demander à cet étranger le nom de cette plante et l'inviter à se rendre près de nous. » Valérie eût désiré une invitation un peu moins brusque et plus polie; car, à la tournure de l'étranger, elle a cru reconnaître le jeune homme qu'elle avait aperçu la veille dans le verger de Lauterbrunnen; mais elle se tut, parce que l'ordre était donné et le domestique parti. Elle ne se trompait pas, et voulant préparer une meilleure réception à son compatriote, elle se hâta de faire part à la princesse des conjectures qu'elle avait faites, et de dire, non sans rougir un peu : «Madame, je crois que cet inconnu est le jeune peintre dont on nous a parlé à Unterséen... Il a couché à Lauterbrunnen cette nuit, à ce que m'a dit l'hôtesse....

»—Voilà un heureux et singulier hasard, » dit la princesse, ravie de cette rencontre. Elle s'avança aussitôt vers l'inconnu, et l'aborda avec cette grâce et cette aisance qui distinguent la femme de haut rang. En revoyant Valérie, le jeune homme fit un léger mouvement de surprise, il la salua, apprit à la princesse que la belle plante qu'elle lui désignait était en effet la grande gentiane des Alpes, et répondit à ses autres questions avec cette politesse réservée, qui annonce l'homme supérieur qui veut garder son indépendance. La princesse avait trop d'esprit et de tact pour ne pas le sentir; aussi mit-elle tant de discrétion dans ses demandes, tant de bienveillance dans ses manières, qu'au bout de quelques momens le jeune étranger sentit se dissiper le léger embarras qu'il éprouvait toujours en présence de ceux que la fortune avait laissés au rang d'où il avait été forcé de descendre. En apercevant le porte-feuille que le jeune homme tenait sous son bras, elle témoigna le désir de voir ce qu'il renfermait. Il l'ouvrit, et sur-le-champ elle reconnut dans ces esquisses le peintre habile dont le talent l'avait charmée à Underséen.

En voyant ces dessins, Valérie ne put retenir une exclamation de joie. « Oh ! c'est donc bien vous ! dit-elle vivement, c'est vous qui avez sauvé la jeune fille des flammes ! Ah ! combien je désirais vous voir, vous connaître ! » Elle s'arrêta.... La princesse ajouta quelques mots gracieux à ce que venait de dire Valérie, et lui épargna ainsi cet embarras qu'éprouve toujours une femme tendre et timide, lorsqu'elle se laisse aller à ces mouvemens de l'ame qui révèlent une émotion profonde ou une trop vive sensibilité.

Le compliment que faisait la princesse au jeune homme était assurément très-flatteur, et pourtant il ne parut frapper que son oreille; son regard, plein d'une douce surprise et attaché sur Valérie, semblait lui demander comment, avant d'être connu d'elle, il avait pu l'intéresser?... Il continuait à garder un silence embarrassant pour Valérie, quand la princesse, impatiente de connaître sa manière de peindre, engagea le jeune homme à esquisser devant elle le site qui les entourait. Le jeune peintre regarda encore Valérie; voyant dans ses yeux un désir curieux et timide, il consentit à la demande qui lui était faite; il s'assit, tira de son portefeuille un morceau de verre doublé d'un papier blanc, c'était sa palette; trois petits flacons contenant du rouge, du bleu et du jaune, c'était sa boîte à couleurs; deux pinceaux qui pouvaient former tour à tour les traits les plus déliés et les teintes les plus larges; enfin une petite fiole d'eau, et un morceau de gomme arabique pour lier ses couleurs : tels furent ses apprêts. Il jeta d'abord au crayon une esquisse hardie sur un carré de papier blanc; puis, prenant ses pinceaux, il reproduisit le mélèze antique sous lequel les dames avaient déjeuné, le rocher moussu qui leur avait servi de table; dans le lointain, les cimes neigeuses du Schreckhorn, et, sur le devant, la belle gentiane aux corolles d'or qui avait occasioné sa rencontre avec elles.

La princesse, ravie de son talent et de sa manière expéditive, l'admirait en silence, et formait dès-lors un autre plan; c'était de proposer au jeune artiste de la suivre à W..., et là, de l'attacher à sa maison en qualité de peintre de paysage, et de maître de ses filles. Plus d'un obstacle, il est vrai, pouvait s'opposer à ses projets; la naissance du jeune Français, qu'elle soupçonnait être un émigré, pouvait lui défendre d'accepter un tel emploi; elle remarquait dans ses manières une secrète fierté qui lui ferait peut-être rejeter ses offres. Elle s'appliqua donc à gagner le cœur et la confiance de celui qu'elle voulait captiver, afin de lui ôter le courage de refuser sa proposition.

A cette première leçon de peinture, le jeune homme en fit succéder une de botanique et d'histoire naturelle; les jeunes filles étaient si attentives, la princesse était si aimable, et Valérie écoutait avec tant d'intérêt, qu'il perdit peu à peu sa timidité. On se remit en route, en s'arrêtant cependant quelquefois, tantôt pour considérer l'aspect varié du paysage, tantôt pour examiner des minéraux, des insectes ou des fleurs. Après avoir visité une partie de cette montagne, et payé un tribut d'admiration à celle de la Vierge qui, de cette élévation, semblait n'avoir fait que grandir à leurs yeux étonnés, ils redescendirent de vallons en vallons, jusqu'aux glaciers de Grindelwald, ainsi nommés, parce qu'ils dominent le petit bourg de Grindel. Ce formidable amas de glaces, peut-être aussi anciennes que le monde, alimente les sources de la Lutschine. A les voir accumulées dans le profond ravin que forment entre eux le mont Eiger et les flancs du Schreckhorn, on dirait les ruines merveilleuses d'une ville de cristal, dont les édifices vulgaires auraient été renversés par quelque grande commotion du globe, tandis que, pour laisser d'éclatans témoignages de sa splendeur, les coupoles des temples, les obélisques et les remparts seraient seuls restés debout : ici de longues avenues de colonnes d'un cristal verdâtre semblent conduire à quelque palais magique. Là une pyramide tronquée, élevée encore sur la masse de granit qui lui a servi de base, paraît comme un monument oublié du temps et des hommes ; plus loin, de légers arceaux reproduisent les formes élégantes et les capricieux ornemens de l'architecture gothique. Plus près, et presque au-dessus du gouffre retentissant, d'où sort avec furie le torrent de la vallée, est une grotte profonde, dont la voûte est embellie de stalactites d'une glace brillante. Le jeune homme qui paraît connaître parfaitement les lieux, guide maintenant la troupe. En approchant de cette vieille demeure des hivers, les voyageurs éprouvent une fraîcheur d'autant plus soudaine qu'elle contraste avec la température chaude des lieux environnans. Enhardies par leur jeune guide, les dames osent pénétrer sous ce portique étincelant; un amas de mousse sèche leur offre des siéges commodes, et de-là leurs regards enchantés se promènent tantôt sur les champs verdoyans de Grindel, et tantôt avec un léger sentiment de terreur, sur le torrent qui roule à leurs pieds ses ondes écumeuses à travers les noirs granits qui bordent et embarrassent souvent son cours. Le soleil qui frappe la masse entière du glacier augmente sa transparence, et le colore des teintes les plus riches et les plus variées, depuis le saphir d'un bleu sombre, jusqu'au jaune brillant de la topaze.

Au milieu de ces effets éblouissans, de ces jeux magiques de la lumière qu'aucune description ne saurait rendre, à travers cet appareil imposant, la nature décèle encore sa grâce, en faisant croître au sein des neiges, entre les fentes des rochers que la glace n'a point envahies, des touffes de fraisiers tout blancs de fleurs, et des violettes odorantes; la pervenche couvre le sol glacé de ses réseaux verts et de ses étoiles d'azur; et la belle pensée alpine aux larges fleurs jaunes et pourpres, égaie et parfume ces froides solitudes. Les voyageuses éprouvaient sous ces fraîches voûtes ce bien-être qui donne le repos après une grande fatigue : l'étranger leur faisait le récit de ses courses aventureuses dans ces contrées sauvages. Il leur disait toutes les merveilles de ces Alpes qu'il avait tant de fois parcourues, le lac du Tschuggen, où viennent se peindre en plein midi les étoiles qui brillent la nuit sur l'hémisphère austral ; les mines de cristal du Haut-Grimsel, l'or et les précieux grenats que l'Aare roule dans ses flots impétueux ; il racontait les dangers qu'il avait courus dans ces excursions, soit pour essayer de gravir sur le pic éclatant de la Vierge, ce que nul mortel n'a pu accomplir encore, soit pour parvenir au double sommet du mont Eiger, et s'abreuver à la source glacée qui, dit-on, jaillit à cette immense hauteur. Tandis qu'elles l'écoutaient avec un vif intérêt, un événement qui en lui-même paraissait fort peu important, vint jeter un subit effroi parmi la petite troupe.

La plus jeune des élèves de Valérie était sortie de la grotte depuis un moment; elle voulait cueillir des fleurs, et sa mère avait donné l'ordre à son chasseur de ne pas la quitter, elle-même ne la perdait pas de vue. Tout-à-coup l'enfant, en voyant les girandoles de glace dont elle était entourée, eut la fantaisie d'en désirer un morceau pour se rafraîchir la bouche; le complaisant serviteur, ignorant les dangers d'une commotion dans ces cavernes fragiles, frappe violemment de son bâton un des nombreux festons de glace qui pendaient à la voûte. A ce bruit, le jeune homme s'élance hors de la grotte en entraînant ses compagnes. « Fuyons, » dit-il avec tous les signes de la plus vive terreur. Les guides montagnards accourent la pâleur sur le front ; ils jettent des regards menaçans sur l'imprudent domestique. Le jeune peintre leur dit quelques mots dans leur rude dialecte ; aussitôt et avec un empressement qui annonce l'imminence du danger, ils apportent la litière ; sur un signe impératif du jeune homme, ils y placent la princesse et ensuite ses deux filles, l'une à ses côtés et l'autre sur ses genoux. Effrayée de ces brusques mouvemens, la mère jette un faible cri que le jeune homme étouffe en lui mettant la main sur la bouche : « Silence, lui dit-il à voix basse, laissez-vous conduire, ils vous sauveront ; mais fermez les yeux de peur de vertige, ou plutot.... » A ces mots, il les enveloppe toutes trois du schal de la princesse qui, à demi évanouie, serre contre elle ses deux enfans, et se sent bientôt emportée avec une effrayante rapidité.

Pendant tout ces apprêts qui n'avaient duré que quelques secondes, Valérie, frappée d'épouvante, demeurait immobile; elle voyait la litière qui portait la princesse disparaître entre les rochers, et ses domestiques la suivre autant que le permettaient l'inégalité du terrain et l'agilité des montagnards qui, tout chargés qu'ils étaient, franchissaient les ravins et couraient avec la légèreté des chamois sur les roches glissantes. Elle était restée seule avec le jeune homme, sachant à peine ce qu'elle devait craindre, mais frappée d'une stupeur qui fixait ses pieds à la terre. Le jeune homme, après avoir suivi des yeux la troupe et remarqué la direction qu'elle avait prise, se retourna vivement vers Valérie dont il avait saisi la main au moment où la litière s'éloignait : « Du courage, lui dit-il ; je connais un passage par lequel nous pourrons nous sauver.... » Et il lui montrait à peu de distance un antre profond, creusé parmi les blocs de granit et les glaces. Elle hésita : « Voulez-vous vous fier à moi ? » dit-il en interprétant son mouvement. Il y avait dans cette question faite du ton d'une conviction intime un intérêt si tendre, que les craintes de Valérie s'évanouirent. Elle le regarda avec confiance et se mit à marcher rapidement. Arrivée à l'entrée de cette espèce de caverne qui n'était qu'une crevasse immense faite dans la profondeur du glacier, elle s'arrêta de nouveau comme effrayée de l'idée de s'enfoncer dans cet abîme. « Il y va de votre vie, lui dit tout bas son guide, et avec désespoir il répéta : « Ne voulez-vous pas vous fier à moi ? » Pour toute réponse, elle prit vivement son bras et s'élança dans la caverne. Le sol était glissant, humide, et fréquemment embarrassé par des éclats de roches ou de glace ; tout-à-coup elle croit entendre de sourds craquemens, la terre frémit sous ses pieds ; elle se serre instinctivement contre son guide, et veut hâter sa marche, mais elle se sent défaillir, une sueur froide couvre son front, les forces l'abandonnent. Son conducteur qui l'entraînait demi-mourante sent ses pas se ralentir ; alors sans la consulter, sans s'assurer de son consentement, il appuie la tête affaiblie de sa compagne contre son épaule, se baisse et l'enlevant d'un bras nerveux, il court à travers l'obscurité vers le point lumineux qui marque l'issue de ce dangereux passage; il l'atteint avec autant de bonheur que de témérité, la lumière du soleil l'éclaire de nouveau et lui rend tout son courage. Toujours chargé de la jeune fille, il gravit encore le revers de la montagne semée de pierres roulantes; il atteint enfin les bords du profond ravin qui sert de lit au glacier, y dépose Valérie presque inanimée, et se jetant lui-même à genoux près d'elle, il s'écrie, en élevant ses mains vers le ciel : « Grâce à Dieu, je l'ai sauvée!.... »

Dans ce moment, et comme pour confirmer ses paroles, un horrible fracas se fait entendre du côté des sources de la Lutschine, et Valérie qui a repris ses sens, voit avec terreur les pyramides de glace qui dominaient le torrent, la grotte où elle se trouvait il y a peu d'instans encore, s'écrouler avec un bruit pareil à celui du tonnerre, et former dans leurs chutes successives d'énormes tourbillons de neiges mêlés de poussière. Leurs débris encombrent le lit du torrent, et font refluer les eaux jusque dans la vallée; le sol tremble, ébranlé par la commotion, la vapeur épaisse qui s'élève du vallon obscurcit la lumière du soleil, et les pierres amoncelées sur les revers de la montagne roulent à grand bruit au fond du précipice [1].

A cette vue, Valérie élève vers son libérateur un regard plein d'une reconnaissance d'autant plus vive, que dans cet instant elle aperçoit la prin-

[1] L'auteur a été témoin, en 1804, d'un événement semblable arrivé dans le lieu même qu'il décrit.

cesse et ses deux enfans, comme elle agenouillées et hors de tout danger.

« Ah ! dit-elle avec une vive émotion, nous vous devons la vie !.... Ah ! si tout mon cœur, si tout ce que je possède pouvait payer.... » Il l'interrompit, et pressant la main de Valérie sur son cœur : « Ne me remerciez pas, dit-il, je suis heureux.... souverainement heureux.... Je ne pouvais sauver qu'une seule personne, et c'est vous.... qui vous êtes si courageusement confiée à moi.... Je m'en souviendrai toute ma vie, ma chère compatriote, » ajouta-t-il avec attendrissement. Ces derniers mots frappèrent délicieusement l'ame de Valérie ; ils établissaient entre elle et le jeune homme une sorte de fraternité fondée sur un égal amour, la patrie ! Ce sentiment noble et délicat, en écartant de Valérie toute idée d'un autre plus dangereux, lui parut toutefois assez doux et assez puissant pour satisfaire la sensibilité de son cœur.

Cependant cette explosion inattendue avait attiré les pâtres hors des chalets; quelques-uns accoururent vers la princesse et ses filles, que ses guides avaient si habilement tirées de l'abîme avant la chute de l'avalanche; ils félicitaient la princesse d'être échappée aux dangers qu'elle avait courus, et dont le moindre eût été d'être étouffée par l'air refoulé dans ces profondes ravines, ou entraînée dans le torrent avec les roches qui se détachaient de la montagne ébranlée. Heureusement, l'extrême promptitude du jeune homme à lui faire quitter le glacier, et la célérité de ses porteurs l'en avaient préservée.

Ceux-ci, en essuyant leurs fronts

que la rapidité de leur course avait baignés de sueur, gardaient un modeste silence, tandis que le domestique, cause innocente de cet événement, se tenait à l'écart, et semblait redouter la colère de sa maîtresse. Celle-ci, revenue de sa frayeur, et voyant qu'aucun accident n'avait eu lieu, rassura ce malheureux par quelques mots pleins de bonté, et remit elle-même à ses deux guides une récompense proportionnée au service qu'ils lui avaient rendu. Elle s'avança alors vers Valérie qui, à peine remise de sa faiblesse, venait à elle appuyée sur le bras de son jeune libérateur; la princesse prit la main de ce dernier, et avec cette grâce qui touche et encourage tout à la fois : « Monsieur, lui dit-elle, vous ne pouvez plus être un étranger pour moi.... Je vous dois la vie de mes filles, celle d'une amie, la mienne; la reconnaissance, l'affection d'une mère sont la seule récompense digne de vous. Mon cœur vous consacre de ce moment l'une et l'autre.... »

Le jeune homme, confus de tant de bonté, baisa avec un tendre respect la main que lui présentait la princesse, et avant qu'il pût répondre, celle-ci se hâta d'ajouter : « Vous êtes Français, émigré sans doute; il vous est peut-être pénible de révéler votre nom.... Gardez votre secret, Monsieur; la fille d'Unterséen m'a dit que tous ceux auxquels vous aviez fait du bien ne vous connaissaient que sous celui d'Eugène; soyez Eugène pour nous, Monsieur, jusqu'à ce que le temps et la confiance vous déterminent à nous révéler votre véritable nom. Maintenant, au nom de cette affection que je vous porte désormais, acceptez la proposition que je vais vous faire : l'entrée de votre patrie vous est interdite, peut-être même ne vous sera-t-il pas long-temps permis d'habiter les lieux où vous êtes libre ; vous aimez les arts, venez à W***, je vous offre l'appui du prince, mon amitié, une place dans ma maison, et pour mettre à l'aise une noble fierté que je vois empreinte sur votre front, j'ajouterai, vous me serez utile. Je rapporte d'Italie de nombreuses collections de dessins, de médailles que je voudrais voir en ordre ; vous monterez mon petit musée ; enfin vous me donnerez, ainsi qu'à mes enfans, des leçons de votre charmante manière de peindre. Vous voyez bien, Monsieur, continua-t-elle avec le plus aimable sourire, que de toute façon je serai toujours votre obligée.... »

Pendant que la princesse parlait, les regards de Valérie exprimaient un intérêt vif et tendre, où se mêlait pourtant la crainte de le voir refuser la proposition; ses yeux se remplirent de larmes au moment où la princesse nomma la France et rappela le malheur d'en être banni. Au mot d'*emploi*, la rougeur qui colora subitement le visage du jeune homme, vint se refléter sur le front de Valérie; un mouvement plus vif excita les battemens de son cœur lorsqu'il fut question de peinture, mais les dernières paroles de la princesse, pleines de charme et d'amabilité, firent épanouir ses lèvres de rose; sans le savoir ses mains étaient jointes, et dans une attitude presque suppliante, elle semblait attendre avec anxiété la réponse du jeune homme. Celui-ci était pensif; ses yeux baissés vers la terre ne laissaient point deviner sa détermination. « Eh bien ! dit la princesse, après un moment de silence, acceptez-vous ?.... » A cette question, le jeune homme releva la tête, mais son regard rencontrant celui de Valérie, l'expression en changea subitement ; il parut ému, indécis, et sans cesser de regarder Valérie : « Oui, dit-il enfin, je vous suivrai. » Satisfaite de cette réponse qu'elle désirait, la princesse s'occupa sur-le-champ des moyens d'effectuer son projet, tandis que Valérie, confuse et troublée de ces paroles et du regard qui les accompagnait, se retourna vers ses élèves, et les attirant à elle, cacha, en les embrassant avec vivacité, la joie involontaire dont elle se sentait pénétrée. Il fut convenu qu'on retournerait ensemble à Berne, par Grindel et Meyringen; qu'arrivées dans cette ville, la princesse et sa suite partiraient aussitôt pour l'Allemagne, et que le jeune Français, après avoir terminé quelques affaires qu'il avait à Berne, se rendrait à W*** dans le courant du mois.

Après avoir pris un dernier repas dans la vallée, en face même du formidable glacier où ils avaient pensé périr, et dont la vue augmentait encore le charme de leur sécurité actuelle, les voyageurs se remirent en route. A Grindel, on prit deux nouvelles voitures : l'une était occupée par la princesse, Valérie et les deux élèves; l'autre servait aux domestiques. La princesse, attentive, fit placer sa plus jeune fille sur le banc où étaient déjà sa sœur et Valérie, et désignant la place restée libre près d'elle, invita le jeune homme à y monter. Valérie sentit vivement ce procédé, et si elle l'eût osé, elle aurait embrassé la princesse pour la remercier de cette aimable attention pour son compatriote.

Pendant le trajet, la conversation fut très-animée; les sites enchanteurs qu'offrait la belle vallée d'Hasly rappelaient ceux qu'on venait de voir; on parla des dangers qu'on avait courus, Eugène raconta comment il avait découvert le passage périlleux où il avait entraîné Valérie; comment, ne voyant qu'une seule litière pour transporter les dames, il avait compté sur l'agilité et le dévouement bien connu des deux montagnards pour sauver les princesses; que pour lui, ayant déjà été témoin d'accidens semblables, il avait calculé, par le temps que ces glaces mettent à se détacher, qu'il aurait celui de franchir le passage et de regagner la partie supérieure de la vallée. Il dit aussi comment il avait craint un moment de s'être engagé avec trop de témérité, et de ne pouvoir sortir vivant de cet antre. « Ce n'était pas ma vie que je regrettais, ajouta-t-il en s'adressant à Valérie, mais mon dernier moment eût été troublé par l'horrible pensée que je vous avais entraînée dans cet abîme, et par l'angoisse plus horrible encore de vous sentir mourir dans mes bras.... »

Valérie était trop agitée pour répondre; cependant, craignant que son silence ne fût mal interprété, elle se hâta de dire : « Pour moi, je n'ai rien éprouvé de semblable; seulement, quand j'ai entendu les glaces craquer autour de moi, quand j'ai senti le sol trembler sous mes pas, j'ai caché ma tête sur votre épaule pour ne pas voir crouler sur moi ces horribles murs. Je n'eus point l'idée du danger que je courais, lorsque vous m'enlevâtes dans vos bras; j'éprouvais au contraire la douce sensation qui accompagne le besoin de dormir et précède le sommeil; cet état était si doux, que volontiers, je crois, j'aurais passé ainsi de la vie à la mort. »

Ces mots, prononcés avec simplicité, parurent faire une vive impression sur le jeune homme; il était à demi tourné vers Valérie, et son regard animé semblait chercher un sens plus tendre dans les paroles qui venaient de lui échapper; ce regard prolongé, le silence qui le suivit, firent rougir Valérie. Elle baissa les yeux, et songea avec inquiétude qu'elle s'était peut-être exprimée d'une manière peu convenable, et cette réflexion augmenta encore sa confusion.

Il y a une sorte de timidité que l'âge

n'ôte point, et dont l'expérience du monde ne guérit pas toujours, c'est celle qui vient d'une extrême défiance de soi-même. Un caractère craintif, une ame trop sensible, des habitudes de dépendance prolongent plus ou moins cet inconvénient de la première jeunesse; les femmes qui rougissent encore après avoir depuis long-temps passé l'âge où la rougeur sied, en souffrent alors comme d'un ridicule.

Valérie avait vingt-quatre ans; elle avait vu le monde. Depuis deux ans elle vivait au milieu des étrangers; cependant elle rougissait encore comme un enfant. Cette rougeur, qu'elle nommait souvent son infirmité, lui était redoutable au point que la seule crainte de rougir suffisait pour colorer d'une teinte de pourpre son front, ses joues, son cou et jusqu'à ses blanches épaules.

Dans ces occasions, où une jeune fille craint d'avoir révélé par un mot, un geste, un regard, quelque chose de trop intime, et que la retenue naturelle à une femme lui commande de cacher, cette fatale rougeur avertit les autres de l'imprudence qu'elle se reproche. Heureusement la princesse vint au secours de Valérie; elle s'empara de la conversation, parla des divers effets de la frayeur, de celle qu'elle avait éprouvée elle-même, et sans le savoir délivra Valérie du charme sous lequel la retenait le regard du jeune homme, en forçant celui-ci à lui prêter son attention.

Vers le soir on arriva aux portes de Berne; la princesse descendit à l'hôtel de***, où le reste de ses gens l'attendait. Là elle trouva des lettres de son mari, qui pressaient son retour, et fixa son départ au lendemain. Eugène, qui les avait suivies jusque-là, prit congé de ses compagnes de voyage, et renouvela à la princesse la promesse de se rendre à W*** aussitôt que les affaires qui le retenaient encore en Suisse seraient terminées.

« Il nous faut un gage de cette promesse, dit la princesse avec enjouement; que nous donnerez-vous?... » Le jeune homme lui présenta son portefeuille, rempli en partie de dessins non achevés : « Je vous le confie, dit-il, puisque vous avez la bonté de désirer un gage d'une parole que j'acquitterai avec tant de plaisir; j'irai reprendre mes esquisses avant un mois; cette assurance vous suffit-elle?... » Et son regard s'adressait à Valérie; il mit à ce peu de mots un accent si doux, si persuasif, que Valérie répondit aussitôt :

« Oh! je vous crois!..... » Puis elle ajouta : « Mes élèves et moi nous comptons sur vous... » Eugène n'en attendit pas davantage ; il s'inclina et partit.

Dès le lendemain la princesse quitta Berne ; les lettres qu'elle avait reçues lui causaient des inquiétudes. On était alors au commencement de l'année 1794 ; la Suisse était menacée de devenir le théâtre de la guerre, et la princesse avait hâte de passer le Rhin pour être à l'abri des événemens. Ces nouvelles répandirent une teinte de tristesse sur le reste du voyage ; Valérie l'éprouva avec d'autant plus de force que les émotions de la veille l'avaient momentanément affranchie de cette mélancolie qui lui était en quelque sorte habituelle. Elle traverse maintenant, presque sans les voir, les délicieuses prairies de l'Emmenthal ; le majestueux Righi, le Pilate, chargé de hauts sapins, la riante Lucerne, avec ses maisons peintes de couleurs éclatantes, n'attirent point ses regards; elle eût vu de même sans plaisir l'antique Zurich, son lac argenté et les promenades charmantes qui bordent ses eaux, si cette ville n'eût pas été la patrie de deux hommes célèbres, le profond et judicieux Lavater, le tendre et naïf Gessner, pour lesquels elle avait une sincère admiration. La princesse avait connu le premier en Allemagne, et elle aimait trop les arts et la poésie pour ne pas visiter en passant le tombeau érigé à l'aimable auteur du *Premier Navigateur* par ses compatriotes, dans l'île ombragée et fleurie, formée entre les eaux transparentes du lac et celles non moins pures de la Limmat.

Après un court séjour à Zurich, les

voyageuses se remirent en route; elles traversèrent le Rhin , et dirent enfin adieu à cette Suisse que les ames tendres ne voient jamais qu'avec transport et ne quittent jamais sans regret.

Elles continuèrent leur voyage avec rapidité: de tous côtés, on se préparait à une nouvelle guerre contre la France; les routes étaient couvertes d'hommes, de chevaux et d'armemens; les émigrés français qui s'étaient réfugiés dans ces contrées se réjouissaient ou s'effrayaient de ces apprêts, selon leur position ou leurs diverses manières d'envisager les événemens; mais dans l'un ou l'autre cas, leur sort était précaire et souvent misérable; la coalition avait déjà subi les revers de Jemmapes et de Fleurus. Le peuple allemand, qui attribuait aux émigrés les malheurs de la guerre dont l'Allemagne allait devenir le théâtre, confondait dans sa haine tous les individus de la nation française, et se vengeait en déversant le mépris sur les malheureux bannis. Oh! que de fois le cœur de Valérie fut brisé en voyant dans les auberges des compatriotes recevoir le pain de l'indigence ou essuyer de durs refus! Les malheurs de sa patrie, les siens, se présentaient maintenant plus vivement que jamais à sa pensée, tandis qu'un intérêt plus récent et plus cher venait y mêler une nouvelle amertume. De tous ceux qui comme elle ont été bannis du sein de la France, elle ne connaît que son jeune libérateur; et en voyant l'état malheureux où se trouvent la plupart de ses compatriotes, elle frémit en pensant que tel peut être le sort d'Eugène... Cette idée l'accompagna durant toute la route, et son arrivée à sa résidence ne l'en délivra point.

Des fêtes brillantes eurent lieu pour célébrer le retour des princesses; Valérie, forcée par sa place d'accompagner ses élèves dans ces réunions tumultueuses, n'y trouvait plus cet intérêt que son âge et un esprit observateur lui faisaient goûter autrefois; souvent elle s'en faisait de vifs reproches. Ignorante encore de ce qui se passait dans son cœur, elle en recherchait de bonne foi la cause, et croyait l'avoir trouvée quand elle avait pensé à son malheureux père, à la France, à ses compatriotes; et quoique souvent sa pensée se reportât vers la Suisse avec un sentiment de tristesse et de regret, elle croyait sincèrement ne regretter que le voisinage de son pays, Genève, qui avait été son asile, peut-être aussi la douce intimité de la princesse qui lui semblait n'avoir jamais été si parfaite que durant cette partie du voyage. Il y avait pourtant des instans où elle la retrouvait aussi simple, aussi aimable qu'un mois auparavant : c'était surtout le matin, lorsqu'elle lui amenait ses filles ; la princesse alors disparaissait, on ne trouvait plus que la mère tendre, l'indulgente amie ; dans ces momens elle rappelait quelquefois, avec son enjouement ordinaire, des souvenirs du passé ou quelques scènes de leur voyage.

Un jour, elle fit à ce sujet la remarque que le temps fixé pour l'arrivée du jeune peintre était passé, et qu'elle était étonnée qu'il ne fût point encore à W***. « En vérité, ajouta-t-elle en riant, si je n'avais un gage de sa promesse, je croirais qu'il nous a oubliées;

peut-être aussi lui est-il arrivé quelque chose de fâcheux en route... »

Ces paroles, prononcées avec légèreté, firent mal à Valérie, pour qui ces deux suppositions étaient également pénibles ; et bientôt l'amertume de la première se reportant toute sur la pensée qu'il pouvait être arrivé quelque malheur à son jeune compatriote, celle-ci s'empara de l'imagination trop vive de Valérie. Elle n'ignorait pas la fatale loi qui bannissait les émigrés des lieux trop voisins de la France ; elle se représenta son libérateur proscrit, errant, persécuté peut-être... Cette image remplit son ame de tristesse et redoubla sa mélancolie.

Valérie se trompait ; le jeune Français n'avait point oublié sa promesse. Un motif, bien important pour lui, l'avait retenu à Berne plus long-temps qu'il ne le croyait; il attendait des nouvelles de France. La mort lui avait enlevé ses parens, l'exil avait dispersé la plupart de ses amis, les autres avaient épousé la cause républicaine; parmi ces derniers un seul lui était resté fidèle, et la différence de leurs opinions n'avait point changé leurs cœurs : c'était par lui qu'Eugène conservait quelques relations avec sa patrie, relations privées pourtant de leur plus grande douceur, puisqu'il ne pouvait écrire à cet ami, et que d'ailleurs les témoignages d'amitié qu'il en recevait, toujours furtifs, irréguliers, souvent incomplets, étaient encore accompagnés de l'idée cruelle qu'ils exposaient peut-être les jours du seul ami que la fortune lui eût laissé.

Le comte Eugène de Thouars, car tel était le nom du jeune émigré, était le dernier rejeton de l'illustre famille de ce nom ; il avait perdu ses parens fort jeune, et avait été élevé par le vieux maréchal de Thouars son aïeul. Lorsqu'il eut terminé ses études, au lieu d'employer deux ans à voyager dans les cours étrangères, suivant l'usage des jeunes gentilshommes d'alors, il demanda à son aïeul de passer ces deux années dans une des universités allemandes déjà renommées à cette époque par leurs institutions libérales et leurs profondes études. Ce fut là que confondu avec la foule des jeunes gens de tout âge et de tout rang, il puisa une manière de penser forte, une instruction solide, ce qui, joint à l'éducation qu'il avait déjà reçue et aux dispositions qu'il tenait de la nature, en faisait à vingt ans un homme estimable et digne d'être aimé. D'après les principes d'égalité qui règnent dans les écoles allemandes, il n'avait pris aucun des titres qui lui appartenaient par sa naissance; simple dans ses mœurs comme dans ses manières, il se plaisait dans les vacances à voyager seul, sans domestique, livré entièrement à lui-même, et sous le simple nom d'Eugène. Il parcourut une partie de l'Allemagne et tout le Tyrol. A l'imitation des Allemands, il avait la passion de faire des collections de plantes, d'oiseaux, d'insectes et de minéraux. Il apprit ainsi la botanique, la minéralogie et quelques autres branches de l'histoire naturelle. L'observation des beautés de la nature était pour lui une source de jouissances sans cesse renaissantes; un beau site, une ruine pittoresque, un aspect nouveau dans le paysage le ravissait; et, pour conserver le souvenir de ces douces et pures émotions, il avait imaginé une manière de peindre fort expéditive, peu embarrassante, et qui lui suffisait pour rendre tous les effets de la nature. Avec son porte-feuille, il parcourait les contrées les plus favorables à ses observations, s'arrêtant dans les hameaux, couchant dans une chaumière, s'il ne trouvait point d'autre gîte; visitant les villes et tout ce qu'elles offraient de curieux, et recueillant partout de l'instruction sans efforts, et du plaisir à peu de frais.

Au moment où il se disposait à mettre fin à sa vie aventureuse, et à rentrer dans sa patrie, la révolution éclata dans toute sa force. Son aïeul lui enjoignit de rester hors de France, jusqu'à ce que les événemens amenés par la prise de la Bastille et la fédération fussent décidés. Le jeune comte avait alors vingt-deux ans; il profita de ce temps pour visiter la Suisse où il passa quelques mois : ce fut dans une de ses excursions dans les montagnes du canton de Berne qu'il rencontra Rudly, et que peu de temps après il sauva des flammes la jeune étrangère laissée par ses parens dans la chaumière d'Unterséen.

Le jour même de cet événement, étant retourné à Berne afin de faire quelques dispositions pour rétablir la demeure du vieux Moritz, il y trouva des lettres de France qui changèrent ses projets. Le maréchal lui donnait l'ordre de se rendre à Coblentz, où se rassemblaient alors tous les amis de la royauté. Le jeune comte ne prit que le temps de remplir la promesse qu'il avait faite à ses amis; il assura le sort de la famille d'Unterséen, et partit sur-le-champ pour Coblentz, où l'honneur et l'obéissance filiale lui faisaient un devoir de se rendre.

Le duc de Brunswick rassemblait sous ses ordres les armées coalisées contre la France; une ancienne animosité excitait alors tous les peuples d'Outre-Rhin contre notre patrie; elle éclatait dans les discours des chefs et dans les menaces des soldats; tous oubliaient la cause qu'ils étaient appelés à défendre pour ne s'occuper que de projets de vengeance et de conquêtes personnelles; et les malheurs des émigrés, leur courage, leur dévouement, ne devaient servir qu'à colorer l'ambition des soldats de Frédéric. Les Français, égarés par le désir de se voir rétablis dans les biens et les honneurs dont ils étaient déchus, fermaient les yeux sur ces prétentions injustes, ou croyaient à la bonne foi des coalisés; mais quand le comte Eugène eut appris que ses compatriotes ne feraient que suivre les ordres d'une armée insolente; quand il vit que cette troupe brave et fidèle accourue de tous les points de la France, dans le but de sauver la monarchie, devait être accompagnée d'une armée ennemie, l'idée d'entrer en conquérant dans sa patrie et de servir d'introducteur aux puissances qui naguère avaient humilié la France à Rosbach, révolta son ame noble et fière. Il refusa tout grade, toute distinction dans l'armée, et ne voulut accompagner son aïeul que pour le défendre ou veiller sur ses jours.

A la première affaire, le corps des émigrés, sacrifié par ceux qui auraient dû les soutenir, éprouva un échec; le maréchal fut tué, et la troupe qu'il commandait dispersée. Eugène partagea dès-lors le sort de ses autres compatriotes ; la mort de son aïeul le privait de toutes ses ressources, toute correspondance avec la France était interdite ; l'émigration de son grand-père, son propre éloignement avaient mis la nation en possession de tous les biens de sa famille, et le jeune héritier d'un grand nom, d'une immense fortune, se trouva tout-à-coup réduit au plus absolu dénuement. Sa philosophie ne l'abandonna point ; il résolut de ne devoir son existence qu'à lui seul, et de faire par nécessité ce qu'il avait fait jusqu'alors pour son plaisir. Par un reste de fierté bien excusable, il garda le plus strict incognito : il quitta les lieux où il était connu, et se livrant au travail, il entreprit de donner des leçons, tantôt de langues, tantôt de peinture ; il compléta des collections, et vendit sans honte les produits de son industrie.

Ce fut ainsi que le jeune Français, toujours occupé et toujours indépendant, parvint à se suffire à lui-même, et, respectant le nom qu'il portait, attendit la fin des troubles de son pays.

Il avait commencé une collection de vues de Suisse lorsqu'il rencontra Valérie dans le Grindelwald; l'impression agréable qu'avait faite sur lui la vue de la jeune institutrice, avait été trop vive pour être passagère; la veille du jour où il devait partir pour l'Oberland, il se trouvait dans le verger de l'hôtellerie de Lauterbrunnen lorsqu'il avait entendu parler français non loin de lui; séduit par cette magie qu'exerce sur nous l'accent national, il avait écouté, et la conversation de Valérie, le charme de sa voix, la douce sensibilité de l'exhortation, lui firent commettre cette indiscrétion, blâmable sans doute, si elle n'eût été excusée par la pureté de ses motifs. En retrouvant Valérie sur le Tschuggen, il céda de nouveau à la douce influence qu'à son insu elle exerçait sur lui ; ce fut cette influence qui le porta à accompagner les voyageuses dans leur course aux glaciers, et qui enfin lui ôta la force de refuser la proposition de la princesse lorsqu'elle le pressa de se rendre à W***.

Jusqu'à ce jour, les arts et l'étude avaient occupé la vie d'Eugène, aucune passion n'avait encore troublé la paix de son cœur. Fortement occupé des malheurs de son pays, il ne songeait à former aucune liaison durable ; par une sorte de préjugé conservateur de ses mœurs et de son cœur, il lui semblait qu'il ne pouvait s'attacher qu'à une Française, que celle qui lui était destinée se trouvait cachée dans quelque coin de cette patrie, objet de son unique amour, et que le jour où elle lui rouvrirait son sein lui ferait connaître enfin la femme qu'il devait aimer. L'état précaire, d'ailleurs, où il se trouvait, lui défendait de se livrer à des relations douces et tendres, dont la rupture eût été douloureuse. Il n'avait rien à offrir à une femme, et il était trop fier pour en rien accepter; plus d'une fois, pourtant, cette loi qu'il s'était imposée lui sembla pénible, surtout quand un objet aimable et doux faisait battre son cœur. « Si j'étais encore le comte de Thouars, se disait-il, j'accepterais le bonheur que m'offre le sort.... Mais je ne suis que le pauvre Eugène; il faut y renoncer et attendre tout du temps.... »

Ce fut donc sans se rendre compte de l'intérêt touchant que lui avait inspiré Valérie, ou ne se l'avouant que d'une manière confuse, qu'il accepta l'invitation de la princesse; mais avant d'entreprendre ce voyage, il fallait qu'il attendît à Berne l'arrivée du fidèle émissaire que lui envoyait l'ami qu'il avait à Paris. Cette fois le message qu'il en reçut était plus triste que de coutume; on lui rendait compte du véritable état de la France; chaque jour la mort moissonnait les têtes les plus illustres, et la terreur y régnait sans partage: sa funeste influence s'étendait jusque sur les victimes qu'elle ne pouvait atteindre.

Malgré ses plaies sanglantes, la malheureuse république, faible et mourante au dedans, mais forte et redoutée au dehors, commandait aux puissances voisines des mesures rigoureuses contre les enfans qu'elle avait rejetés de son sein, et les puissances obéissaient à ses ordres. Les émigrés reçurent subitement celui de quitter la Suisse. Ce fut alors qu'Eugène se félicita d'avoir rencontré la princesse de W*** ; l'idée d'avoir un asile, une occupation selon ses goûts, et surtout le souvenir de la jeune et sage institutrice, près de laquelle il allait vivre, mêla quelque douceur aux tristes pensées qui l'occupaient en quittant la Suisse.

Il y avait déjà près d'un mois que la princesse était de retour, lorsqu'un matin elle entra dans la chambre de ses filles, et leur annonça ainsi qu'à Valérie, son départ pour sa terre de Liebenthal, et les avertit de se tenir prêtes à l'accompagner le lendemain. Parmi les nombreuses dispositions qu'elle avait fait faire pour un séjour de quelques mois à la campagne, tout ce qui tenait aux arts ne fut point oublié; les maîtres des jeunes princesses devaient les suivre à Liebenthal; mais une partie de la cour devait aussi s'y rendre. Les grands ont un entourage dont ils se défont si difficilement!.... Aussi le grand-maréchal du palais n'omit-il rien de tout ce qui concernait ses graves fonctions; et les voitures, les beaux attelages, les artistes de la chapelle, les acteurs favoris reçurent ordre de se rendre à Liebenthal, de peur que ses illustres possesseurs n'oubliassent, sous ses beaux ombrages, qu'ils étaient princes, et qu'ils pussent se passer du grand ordonnateur de leurs plaisirs.

Afin d'échapper autant que possible à ces divertissemens frivoles, Valérie profita de son séjour à la campagne pour s'occuper plus spécialement de l'éducation des enfans confiés à ses soins. Elle cherche dans cette tâche, naguère si attachante pour elle, une distraction à l'ennui insurmontable qu'elle éprouve. C'est en vain, tous ses efforts échouent contre ce mal secret qui la tourmente et dont elle ignore encore la cause; elle essaie successivement toutes ses occupations les plus chéries; elle pense quelquefois qu'en forçant son esprit au travail elle recouvrera ce calme, cette énergie qu'elle a perdus. Elle lisait avec facilité Shakspeare et le Tasse, mais la langue de Goëthe lui était moins familière, et cette nouvelle étude lui semble propre à fixer son esprit agité: elle s'y adonne avec application; mais que de fois, en traduisant une page de Schiller ou de Klopstock, son ame, sans le vouloir, se reporte aux lieux qu'elle a quittés naguère, aux sites qu'elle a parcourus, aux circonstances de son voyage ! .... Sa plume s'arrête; et rêveuse, préoccupée, elle laisse errer sa pensée sur les lacs, les montagnes de la Suisse ; elle revoit tour à tour Underséen, les glaciers, l'antre sombre, les glaces suspendues sur sa tête, et surtout le hardi et courageux jeune homme qui l'a arrachée à une mort certaine. Ce souvenir fait naître le regret de n'avoir point alors témoigné à son libérateur la vive reconnaissance dont son cœur était pénétré; elle maudit sa timidité fâcheuse, qui jetait tant de trouble dans ses idées, et le cruel battement de cœur qui faisait expirer les mots sur ses lèvres. Elle sent maintenant tout ce qu'elle aurait dû dire; les expressions éloquentes se pressent dans sa pensée.... Cela était si simple, si facile à trouver.... Et elle n'a rien dit de ce qu'elle sentait si bien.... Vingt fois elle a vu l'occasion favorable d'exprimer ce que son cœur éprouvait, et vingt fois elle l'a laissé échapper.... Aussi, qu'aura-t-il pensé de son étrange silence ?...

C'est ainsi qu'elle passe les heures de solitude qui lui sont accordées, soit pendant le sommeil de ses élèves, soit dans les occasions où la princesse les garde près d'elle ; son repas, ses loisirs, ses travaux, elle sacrifie tout à ses vagues rêveries. Une agitation qu'elle ne peut apaiser, une sorte de fièvre la consume ; elle combat de toutes les forces de son ame ce mal indéfinissable, et, parmi toutes les causes chimériques qu'elle lui assigne, la véritable est la seule qu'elle oublie !...

Un matin que la princesse était absente pour quelques heures, Valérie se rendit dans le cabinet qu'on nommait le Petit-Musée ; cette pièce en effet était consacrée aux arts et surtout à la peinture ; des tableaux de prix, de belles estampes, quelques morceaux de sculpture disposés avec goût, un chevalet, une table à peindre, des boîtes à couleur, annonçaient la destination de ce lieu où Valérie venait travailler quelquefois et qu'elle affectionnait, parce que les fenêtres qui l'éclairaient, donnaient sur la partie la plus romantique du parc.

Là de nombreuses collections de vues de Rome, de Naples et de toute l'Italie, étaient déposées pêle-mêle dans de grands porte-feuilles. Valérie en prit un pour s'amuser à le mettre en ordre : c'était celui-là même que le jeune peintre avait confié à la princesse, comme un gage de son retour.

En le reconnaissant, une rougeur subite couvrit son visage, elle demeura immobile, incertaine, n'osant ni l'ouvrir ni le remettre sur la tablette. Tout le passé se représenta fortement à sa pensée; il lui semblait le voir lui-même, celui dont l'image, à son insu, l'occupait tout entière; elle croyait entendre sa voix, cet accent doux et sonore dont le souvenir s'offrait encore à son oreille, et la main appuyée sur son cœur, elle répétait tout bas le nom d'Eugène. A cet instant une lumière soudaine, rapide, vient l'éclairer; elle a nommé l'objet de son trouble secret : bientôt, comme effrayée de cette fatale découverte, elle veut fuir, et, pour échapper aux émotions qui l'agitent, se réfugier près de ses élèves; elle n'en a pas le temps; elle tenait encore le portefeuille, lorsqu'un domestique vint l'avertir qu'un étranger qui demandait à voir la princesse désirait parler à mademoiselle Dubreuil, et, presque sans attendre sa réponse, il introduisit près d'elle un jeune homme qu'elle reconnut sur-le-champ. C'était le jeune peintre lui-même. A son aspect, la surprise lui arrache une vive exclamation, et ses mains tremblantes laissent échapper le porte-feuille. Eugène le relève : « Ainsi vous me rendez mon gage, dit-il avec gaieté; il m'en a bien coûté de tant tarder à venir le reprendre; au reste ce qui me console un peu... c'est que je vous vois occupée de peinture; vous me prouvez par-là que vous n'avez pas oublié nos projets.... » Valérie, toute déconcertée, balbutia quelques mots. Eugène ne parut pas remarquer son trouble, sa rougeur, ou peut-être ne l'attribua-t-il qu'à la petite confusion d'avoir laissé tomber son porte-feuille. Il mit tant de grâce et d'aisance dans sa réponse, que Valérie ne tarda pas à vaincre son émotion. Elle félicita son compatriote sur son arrivée ; elle insista surtout sur le plaisir que la princesse aurait à prendre de ses leçons ; elle lui dit avec vivacité combien ses élèves se réjouissaient de l'avoir pour maître ; le prince, qui avait vu son porte-feuille, désirait avoir, dans ce genre, un collection des vues du pays d'Altenbourg où il était né, pour orner son cabinet particulier ; mais elle évita de parler d'elle et du plaisir qu'elle éprouvait à le revoir.

Pendant qu'elle parlait, Eugène la regardait avec un mélange d'intérêt et de curiosité, qui pensa encore une fois déconcerter la timide Valérie; cependant elle fut assez maîtresse d'elle-même pour soutenir son regard, et continuer l'entretien avec une sorte de tranquillité. Peu à peu un sujet cher et pénible à tous deux vint l'animer, ils parlèrent de la France. Rien ne dispose mieux à la confiance, et aux douceurs de l'intimité qu'un même sujet de souffrance; aussi nos compagnons d'infortune deviennent presque toujours nos amis. Le jeune émigré, en parlant des pertes qu'il avait faites, pénétra le cœur de Valérie d'une tendre compassion, et l'émotion que ces cruels souvenirs excitèrent dans son ame, établit entre eux une relation douce quoique mêlée de tristesse. Les momens qu'ils passèrent ainsi à s'entretenir des intérêts du pays et de leur commune douleur, lièrent plus leurs cœurs que n'eussent pu le faire des mois et des années, dans toute autre situation. Ce fut donc sans efforts que le jeune homme apprit une partie des malheurs de Valérie. En lui faisant ce triste récit elle pleurait; mais ses larmes coulaient sans amertume, elle éprouvait un charme inconnu à épancher son cœur; habituée à vivre parmi des étrangers, il lui semblait, en parlant à Eugène, avoir retrouvé un frère tendrement aimé, depuis long-temps perdu, et auquel elle faisait part des malheurs arrivés pendant son absence dans la maison paternelle.

Eugène l'écoutait avec cette tendre pitié qui touche, console, et dérobe doucement les secrets d'un cœur affligé. Il ne parlait pas, mais sa main pressait celle de Valérie, son regard peignait l'attendrissement, et de temps en temps, un soupir venait répondre aux douloureuses effusions de la jeune fille. L'âge, le malheur et leur situation, semblaient devoir rendre réciproque cette confiance; mais le jeune homme trop attentif aux confidences qui lui étaient faites, ou peut-être plus maître de ses émotions, garda tous ses secrets, tandis que Valérie, trompée par la compassion qu'il lui témoignait, entraînée par le charme de ses épanchemens, crut le partage égal, et s'affligea avec Eugène de ses chagrins, sans penser qu'elle en ignorait encore la cause.

Les heures s'écoulaient, la princesse revint; Valérie l'ayant fait prévenir de l'arrivée du jeune peintre, elle vint le trouver dans son cabinet. Elle le salua du nom d'Eugène avec une intention marquée, comme pour voir s'il en déclinerait un autre ; mais le jeune homme paraissant accepter cette simple dénomination, elle passa outre sans lui adresser aucune autre question. Elle l'entretint, avec beaucoup d'amabilité, du plaisir qu'elle avait à le revoir, surtout du désir qu'elle éprouvait de prendre de ses leçons. Le prince avait approuvé tous ses projets; M. Eugène, puisque tel était son nom, était déjà porté sur l'état de sa maison ; des émolumens étaient attachés à l'espèce d'emploi qu'il devait exercer auprès des jeunes princesses ; enfin il aurait un appartement au château.

Tout ceci fut dit avec tant de grâce et de délicatesse, que le comte Eugène de Thouars ne se sentit point humilié ; il accepta les offres qui lui étaient faites, excepté celle de demeurer au château. Il fit entendre à la princesse que cette condition gênerait sa liberté, et que sans habiter près de ses élèves, il n'en serait pas moins exact à remplir les devoirs qu'il allait s'imposer; la princesse consentit à tout. Le soir même Eugène fut présenté au prince, homme de manières simples, estimant le mérite, et protégeant les arts; et dès le lendemain il entra en fonction auprès de ses jeunes élèves.

La princesse, qui prit part aux leçons, ne manquait pas de goût; ses filles montraient d'heureuses dispositions, et Valérie avait tant d'envie d'apprendre, que les heures de l'étude devinrent pour chacune d'elles un temps de plaisir. Des conversations aimables, instructives, les animaient, et de jour en jour le jeune artiste, par la douceur, l'élégance de ses manières, la variété de ses connaissances, acquérait de nouveaux titres à la confiance et à l'affection de ses élèves.

Cette nouvelle manière de vivre exerça une heureuse influence sur Valérie; elle parut même retrouver la douce sérénité de ses jeunes années; chaque jour, en s'éveillant, un mouvement de joie inconnu saisissait son cœur, elle n'éprouvait plus cette tristesse, ce profond découragement de la vie qui, au moment où les yeux se rouvrent à la lumière, fait détourner la tête et souhaiter que la nuit et le sommeil n'aient point de fin. Cet état de langueur qui lui avait été si longtemps habituel, céda peu à peu au charme de sa nouvelle situation; elle reprit sa gaieté, ses travaux, son courage et avec eux sa santé que le chagrin commençait à altérer. Cette disposition au bonheur lui donnait même un air de beauté ; car Valérie n'était point belle, au moins dans toute l'acception que l'on donne à ce mot : son visage ovale sur lequel était répandue une touchante pâleur, ne se distinguait par aucun trait remarquable. Sa physionomie, il est vrai, offrait un heureux mélange de candeur et de finesse ; mais la bienveillance qui lui était naturelle, ne tempérait pas toujours le sérieux qui y régnait habituellement, et qu'elle devait plutôt à d'amers chagrins et aux fonctions graves que, jeune encore, elle était appelée à remplir, qu'à une disposition particulière de son caractère, et pourtant, quand elle parlait, elle s'embellissait par l'accord enchanteur qui se trouvait dans le son de sa voix, dans son regard, dans son sourire; de beaux cheveux bruns couronnaient sa tête, que la timidité ou des habitudes méditatives inclinaient avec une douceur qui n'était point sans grâce; un front dont les mouvemens rapides peignaient les vives impressions de son ame; des sourcils mobiles, que la joie faisait épanouir, et qu'un sentiment pénible relevait douloureusement vers le ciel; des yeux bruns, voilés de longues et soyeuses paupières, mais dont le regard doux et pénétrant savait à la fois commander, persuader, refuser, obtenir, donnaient une séduction indéfinissable à l'ensemble de ses traits, de manière que l'on pouvait dire que, sans être jolie, elle était charmante.

Par un contraste assez piquant, son ame était ardente, passionnée, et ses manières étaient pleines de charme et de langueur; parfois, en la voyant s'abandonner à la joie, on pouvait la croire d'un caractère gai et presque folâtre, et parfois elle se livrait à des accès de mélancolie dans lesquels elle semblait suivre un penchant naturel. Timide et défiante d'elle-même, on ne la voyait jamais se livrer au plaisir d'une discussion, elle se contentait d'approuver d'un sourire ou d'un léger signe de tête les opinions qui s'accordaient avec sa manière de sentir; et quand ses regards baissés exprimaient le blâme, sa bouche demeurait muette.

Telle était Valérie, ou du moins telle elle parut aux yeux d'Eugène lorsqu'après quelque séjour à W***, il apprit à la connaître. Jusqu'alors il avait eu pour son aimable compatriote un sentiment tendre, affectueux sans doute, mais presque relatif à leurs rapports de situation et de patrie; d'ailleurs Valérie, dans ses manières et son langage, avait tant de douceur et de simplicité qu'au premier abord on la croyait seulement une excellente personne et rien de plus; mais quand l'habitude de vivre ensemble eut révélé à Eugène les trésors de ce cœur aimant et sensible, quand il eut reconnu qu'aux charmes d'un esprit cultivé, d'une instruction solide, que ne voilait pas toujours une extrême modestie, se joignaient encore toutes les qualités précieuses qui font chérir une femme, le jeune comte devint rêveur; et il pensa confusément quel serait son bonheur si la noble Française, inconnue encore pour lui, mais à laquelle il réservait sa tendresse et l'honneur de porter son nom, pouvait ressembler à Valérie.

Un jour, préoccupé de ces réflexions, il était entré sans bruit dans le Musée où dessinait Valérie. La voyant tellement occupée de son ouvrage, qu'elle ne releva pas la tête, il s'arrêta un instant près de la porte pour la contempler : sa robe blanche, d'une forme grecque, ses beaux bras nus, ses cheveux attachés à la Cérès par une flèche d'or, costume que la France avait mis à la mode, lui donnaient je ne sais quelle grâce pittoresque qui frappa le jeune artiste ; pour la première fois il remarqua l'élégance de sa taille, le charme de son attitude, et cet heureux accord des proportions qui constitue presqu'à lui seul la beauté et en reçoit le nom même indépendamment de l'éclat du visage. C'est la première fois qu'il fait cette remarque ; il s'étonne lui-même de ne s'en être point encore aperçu.

L'arrivée de la princesse mit fin à cet examen : depuis quelque temps elle assistait moins régulièrement aux leçons du jeune maître ; mais elle visitait chaque jour l'atelier pour juger des progrès de ses enfans, et surtout pour voir par elle-même l'ordre que celui qu'elle avait nommé directeur de son Musée mettait dans ses précieuses collections. Elle parut contente du travail déjà exécuté, et en témoigna sa satisfaction par quelques mots aimables ; ensuite se livrant à cet enjouement qui lui était naturel, mais dont les accès étaient pourtant chez elle la marque certaine d'une faveur qu'elle ne prodiguait pas : « Savez-vous, dit-elle, en s'adressant au jeune homme, qu'un de vos compatriotes vient de faire un très-beau mariage ? On me mande de la résidence que le marquis de L*** vient d'éouser la fille unique du prince de H***. 'est un événement très-heureux pour ii ; il n'avait pour toute fortune qu'un eau nom et une jolie figure, car les migrés ont maintenant si peu d'espoir e rentrer en France! Je voudrais, mon her Eugène, qu'il vous en arrivât au- int, et qu'une jolie Allemande, en ré- arant envers vous les torts de la for- ine, vous donnât tout le bonheur que ous méritez.

» — Je reconnais dans ce vœu toute bonté de Votre Altesse, reprit vive- ient Eugène; mais, ajouta-t-il d'un n décidé, je me suis promis de n'aimer de n'épouser qu'une Française... »

En entendant ces mots, Valérie tres- illit, son crayon s'arrêta, elle fit un ger mouvement pour se tourner vers ugène; mais une pensée subite parut retenir, et une vive rougeur couvrit son visage. Eugène, placé derrière elle, s'aperçut de cette émotion, du mouvement qui l'avait réprimée, et un trouble inconnu s'empara de son cœur. La princesse le plaisanta avec grâce et gaieté sur ce projet qu'elle appelait une folie romanesque; Eugène défendit son opinion avec chaleur: il s'était levé et son regard furtif semblait épier sur la physionomie mobile de Valérie l'effet de cette discussion, et même avec cette curiosité audacieuse que souvent l'homme le plus délicat se permet pour arracher à une femme tendre et timide le secret qu'il devine ou l'aveu qui le flatte, il osa dire: « Demandez à Mademoiselle si cette résolution lui paraît si étrange, et si jamais elle donnera son cœur et sa main à un autre qu'à un Français. »

Il s'était approché de Valérie en faint cette question; elle releva vivement la tête. « Oh! non, non, jamais! » épéta-t-elle, et son regard disait combien ses paroles étaient sincères. Tout-à-coup effrayée de la chaleur qu'elle avait mise dans sa réponse, et surtout e l'impression qu'elle semblait avoir roduite sur Eugène, elle rougit de ouveau, baissa les yeux avec une aimable confusion, car elle sentit qu'elle enait de révéler sa pensée la plus itime.

En se trouvant seule, Valérie n'ose nterroger son cœur; les paroles d'Eugène résonnent encore à son oreille; lle se répète l'accent qui les accompagnait, le regard qui les a suivies; pour a première fois, une confuse espérance énétra dans son ame, elle pourrait tre aimée!.... aimée d'Eugène!.... A cette pensée son cœur bat avec violence, et ses mouvemens tumultueu semblent l'avertir combien peut êtr violent et terrible cet amour auquel el donne accès dans son ame. Sa raiso qui prévoit tout ce que cette passio peut amener de conséquences funest à son repos, va jusqu'à lui faire pres sentir, au milieu du vague délicieux o cet espoir la plonge, que l'amour n lui donnera pas le bonheur, et lui fai presque regretter l'ignorance où ell était du sentiment qu'elle éprouve. E effet, sa vie était calme et heureuse; l voir chaque jour, l'attendre à l'heur accoutumée, recevoir ses leçons, écou ter le son de sa voix, de cette voi chérie dont le timbre doux et sonore fai sait si délicieusement battre son cœur s'endormir avec les doux souvenirs d la journée et l'espoir plus doux de l revoir le lendemain, suffisait à son bon

ıcur; ses jours s'écoulaient sans crain-
es, sans désirs, comme un tranquille
uisseau dont la source est cachée sous
les fleurs. Mais depuis que les paroles
'chappées à Eugène sont devenues le
exte constant de ses pensées, depuis
ue ces mots magiques, *je n'aimerai
amais qu'une Française*, l'ont éclairée
ur ses vrais sentimens, elle sent avec
n mélange de douceur et d'effroi
u'elle aime, et que cet intérêt, si ten-
re pour son compatriote, était un
mour redoutable qui, à son insu, a
ermé, grandi dans le fond de son
œur, et que rien n'en pourra désor-
ıais arracher.

Hélas! cet amour tant vanté par les
oëtes, et par eux mis au nombre des
ieux, placé par la philosophie au
ombre de ces décevantes chimères
ui se jouent de la crédulité des mor-

tels, regardé, par ceux qui ont encor la folie de croire au bonheur, comm le principe de toute félicité, ne serait-i comme tout le reste, ainsi que le dit l sagesse, que vanité et qu'affliction d'es prit?

Telles sont les réflexions de Valéri en l'absence d'Eugène; car, lorsqu'i est là, tout entière aux charmes de s présence, elle oublie ses craintes, se inquiétudes; elle n'est attentive qu'. recueillir les mots de sa bouche, l'expression de son regard, à chercher dans ses moindres actions, les preuve d'une préférence flatteuse; elle a déj remarqué que, soit hasard, soit un intention plus tendre, il se place toujours à côté d'elle au travail ou à l promenade. Durant les heures d'intimité que la princesse se plaît à passe dans son intérieur avec quelques amis au nombre desquels elle admet le jeune Français pour lire haut des passages des meilleurs poëtes de sa nation, ou d'autres ouvrages écrits dans une langue étrangère, Valérie a souvent rencontré le regard d'Eugène attaché sur elle comme pour demander son opinion sur une pensée juste, une expression heureuse ou un mot touchant.

Mille soins futiles, mais d'une grande importance en amour, préoccupent maintenant Valérie : une fois il a loué la beauté et la couleur de ses cheveux en ajoutant qu'il regardait cet ornement comme le complément de la beauté d'une femme, et dès-lors elle soigne plus que jamais sa chevelure; un autre jour il a dit devant elle qu'il n'aimait pas les femmes d'une taille plus élevée que celle de la princesse, et Valérie, qui a jeté les yeux sur une glace, a rougi de joie en se voyant un peu moins grande que la mère de ses élèves; l'attention de Valérie s'attachait d'autant plus à ces frivoles circonstances, que le silence d'Eugène la laissait dans une sorte de doute qu'elle brûlait d'éclaircir.

Un jour l'entretien roulait sur la beauté; Eugène s'exprimait à ce sujet avec tout le charme d'un esprit plein de goût et de délicatesse; Valérie vint à citer ce mot de La Bruyère : *Qu'un beau visage était le plus beau de tous les spectacles;* « oui, dit Eugène, en se tournant vers elle avec vivacité, et l'auteur ajoute : *L'harmonie la plus douce est la voix de celle qu'on aime....* »

En prononçant ces paroles, l'accent d'Eugène semblait si ému, et ses yeux si pleins de douceur, qu'ils paraissaient lui dire : « C'est de vous que je parle, car c'est vous que j'aime !.... »

Ces petites scènes, qui se renouvelaient chaque jour, avaient pour Valérie tant de charme qu'elle perdait peu à peu les vagues terreurs qui l'avaient agitée, et bientôt ses heures de solitude s'embellirent encore de souvenirs plus doux et plus nombreux.

Cependant le 9 thermidor avait rendu quelque espoir aux émigrés; plusieurs d'entre eux avaient déjà revu le sol natal où les rappelaient des intérêts de fortune ou d'affection. Chaque jour ces nouvelles parvenaient aux oreilles de Valérie, et lui inspiraient de tristes pressentimens; elle avait le cœur trop généreux pour ne pas prendre une part active au bonheur de ses compatriotes; mais ce bonheur dont elle ne devait pas jouir puisqu'elle était engagée au service de la princesse pour plusieurs années encore, pouvait lui enlever tout ce qui faisait le charme de son existence, le seul ami qu'elle eût au monde, et dont la présence lui était devenue si douce et si nécessaire. Dans mille occasions elle cherchait à pressentir les dispositions d'Eugène, et celui-ci, comme s'il eût deviné ses inquiétudes secrètes, lui témoignait de jour en jour plus de confiance, et se plaisait à lui faire part de ses projets.

« J'ai embrassé la profession d'artiste, disait-il, et je ne veux pas la quitter; bien qu'il existe maintenant des moyens de rentrer en France, j'ai peu d'espoir d'en trouver pour moi-même ; d'ailleurs qu'irais-je y faire? Mes parens, mes amis, tout a disparu !... Je me fixerai en Allemagne où mon talent est maintenant connu; il m'assurera une existence honorable et paisible ; il m'offre même la douce perspective de pouvoir un jour associer une compagne à mon sort : j'ai l'amour des arts et du travail ; la femme que je choisirai aura les mêmes goûts. Je vois donc mon avenir sous un aspect consolant, et le bonheur que j'espère des relations de famille me consolera de tout ce que j'ai perdu. »

Valérie écoutait ces projets avec intérêt ; pourtant un léger serrement de cœur l'oppressait quand Eugène prononçait les mots de compagne, de famille, et son regard rêveur se détournait de lui avec mélancolie ; mais bientôt un mot aimable, une expression affectueuse du jeune homme, ou la pensée qu'un changement était encore bien éloigné, la rendait à elle-même et aux douceurs de l'espérance.

Dans ces circonstances, la confiance

était souvent réciproque, et Valéri parlait à son jeune ami de ses intérêt et de ses plans pour l'avenir. Le plu chéri de tous avait été long-temps ce lui de retourner en France lorsqu'ell aurait terminé l'éducation qu'elle avai commencée; mais depuis qu'Eugèn avait annoncé l'intention de rester er Allemagne, ce projet avait perdu beau coup de son attrait; elle songeait quel quefois à établir une maison d'éduca tion dans une des grandes résidences si toutefois sa timidité lui laissait le courage nécessaire pour cette entre- prise; mais dans tous ces plans, la crainte de ne pas réussir, et l'idée de l'isolement où elle se trouverait alors, glaçaient sa pensée.

« Où irai-je? disait-elle avec décou- ragement, qui s'intéressera à moi? que ferai-je de ma vie?... — Pourquoi ces nquiétudes? répondait Eugène. N'avez-'ous pas des amis tendres, sincères, ui se trouveront heureux de protéger, l'embellir votre existence. — Des amis!» épéta Valérie, en levant sur lui un œil imide, pour savoir de quels amis il oulait parler. « Il en est un du moins, eprit-il avec chaleur, auquel vous vous tes confiée dans une circonstance pé-illeuse... Il ne s'agissait alors que de otre vie... N'oseriez-vous pas lui con-ier le soin de votre bonheur?... — Ah oujours! » dit-elle d'une voix étouffée ar l'émotion, et en lui présentant les eux mains en signe de consentement. l les prit dans les siennes, les appuya ortement sur sa poitrine. « Valérie, it-il après un moment de silence, m'a-ez-vous entendu?... » En disant ces iots, il l'attirait doucement sur son ein. « Oui, » dit-elle à demi-voix. Sa tête se pencha sur l'épaule du jeun homme; elle sentit les mouvemens pré cipités de son cœur répondre aux bat temens du sien, ses yeux se fermèrent et, sans le vif coloris qui animait se joues, on l'aurait crue près de perdr connaissance. Ce trouble fut de peu d durée, elle rouvrit les yeux, et, ren contrant ceux d'Eugène attachés sur le siens et pleins d'une ivresse passionné doucement elle se dégagea de ses bras il retint un instant sa main, et dit à voi basse : « Ainsi, pour toujours, Valérie

« Vous l'avez dit!... » La main de l jeune fille répondit à la douce pressio de la sienne, elle fit un léger signe de têt affirmatif, et s'enfuit dans sa chambr pour cacher à tous les yeux la joie et l bonheur dont son ame était remplie.

L'avait-elle en effet bien entendu avait-il dit qu'il voulait se charger du soi de son bonheur?... De quels mots s'est-il servi pour l'en assurer? L'ivresse que cette scène a jetée dans son cœur obscurcit sa mémoire; elle ne se souvient que du cœur palpitant, de la voix tremblante, du regard plein d'amour, qui accompagnaient ces paroles; que lui importe leur sens, leur valeur, leur étendue!... Elle ne sait qu'une chose, il l'aime!... et elle se répète à chaque minute avec un doux étonnement: « Il m'aime!... O ciel! je suis aimée!... »

Cette première félicité de l'amour remplit tellement son ame, qu'elle oublie l'heure où elle doit se rendre près de la princesse; elle se hâte de faire sa toilette: en approchant de la glace, elle est elle-même frappée de l'éclat dont un moment de bonheur l'a embellie, et quelque chose de féminin se réveille dans son cœur. Elle rattache sa chevelure d'une manière plus élégante, elle choisit la couleur qui lui sied le mieux, et, tout en rougissant de cette petite faiblesse, elle sourit elle-même à sa beauté.

Tous les jours qui suivirent celui-là furent des jours d'enchantement et de bonheur; non qu'Eugène ait changé de manière d'être, il est toujours le même aux yeux des indifférens; mais que de demi-mots rassurans, que d'allusions fines et délicates sur la sainteté d'une promesse, sur les charmes d'une affection mutuelle, sont entendus, compris, et commentés par l'un et par l'autre!... Une douce intimité s'est établie entre eux; ils sentent que désormais leurs intérêts sont communs; aussi Eugène fait-il part à son amie des pensées qui l'agitent, des soins qui l'occupent. A l'exception de son nom et de son rang qu'il lui cache encore, pour ne pas l'inquiéter par la crainte des obstacles que pourrait apporter à leur union la différence de la naissance, il lui confie tous ses projets; il a écrit en France, pour savoir par le moyen de cet ami qui entretient quelques relations avec lui, s'il ne lui reste aucun espoir de recouvrer quelque portion des biens qu'il y a laissés. Une sage prévoyance l'a seule engagé à faire cette démarche dont il n'attend aucun succès, mais qu'il ne veut pourtant pas négliger. Il fonde ses espérances de fortune sur son travail. Ses collections de vues pittoresques sont maintenant goûtées des connaisseurs; de nombreuses commandes lui sont faites; il voit dans cette branche d'industrie conforme à ses goûts et à sa manière d'être, une existence assurée. « Travaillez, » disait-il quelquefois à

Valérie qui, docile écolière, imitait de plus en plus sa manière. « J'aurai besoin d'aide un jour, alors nous travaillerons ensemble... » Cette douce perspective encourageait la jeune fille, et lui faisait faire de rapides progrès.

L'hiver tout entier avait passé comme un jour de fête pour l'heureuse Valérie, et aucun nuage n'avait troublé la vie des deux amis; nous disons des deux amis, parce que les manières d'Eugène donnaient à leurs relations tous les caractères d'une amitié tendre et fidèle, plutôt que ceux de cette passion ardente, impétueuse, que l'on appelle amour. Sûr d'être aimé et sincère dans son affection, Eugène attendait du temps le complément de son bonheur : il respectait trop Valérie pour l'engager dans aucune démarche qui eût pu compromettre sa réputation ou son avenir.

Valérie, non plus tendre, mais plus sensible, s'affligeait quelquefois en secret de cette extrême réserve, dont les froids dehors, commandés par leur situation respective, arrêtaient souvent le sourire sur ses lèvres, et venaient glacer son cœur d'un vague effroi. Mais ces occasions étaient rares; d'ailleurs Valérie, raisonnable, sentait l'importance de cacher un tel secret, et la prudence de son amant le lui rendait plus cher encore.

Cependant il y avait des instans où elle avait besoin de quelques efforts pour réprimer de secrètes et pénibles émotions. Le jeune homme, en consentant à donner des leçons aux jeunes princesses, n'avait engagé qu'une partie de son temps à la résidence; il avait de jeunes amis avec lesquels il faisait des parties de plaisir dans les environs;

le projet de saisir un beau point de vue, de dessiner les ruines d'un château-fort ou d'une ancienne abbaye, était souvent le motif de ces excursions; mais Valérie, privée alors pendant une partie du jour de la présence de son ami, s'en effrayait secrètement : à son retour, elle prenait un soin extrême pour lui cacher jusqu'aux plus faibles traces de sa tristesse; elle écoutait en souriant les récits animés qu'il lui faisait de ces réunions où figuraient quelquefois, et peut-être trop souvent, des femmes spirituelles et jolies, et Valérie n'ignorait pas que le jeune et aimable Français était un objet digne d'exercer leur coquetterie.

Chaque fois qu'il était question d'une partie nouvelle, elle éprouvait un singulier malaise; ce n'était pas encore de la jalousie, puisque ses craintes n'avaient aucun objet déterminé; mais, comme l'a dit une femme d'esprit: « Un sentiment vrai rend humble et » défiante de soi; » et Valérie, en redoutant le pouvoir des autres femmes, se défiait de ses propres moyens de plaire; elle souffrait en silence, trop humble pour oser rien exiger, trop fière pour demander aucun sacrifice.

Une circonstance imprévue vint mettre son courage à une plus dure épreuve. Valérie, maintenant assez habile, remplaçait son jeune maître quand il s'absentait: cette circonstance permit à Eugène d'accepter une proposition très-avantageuse que lui fit un libraire de la résidence; c'était de faire la collection des vues d'une partie des montagnes de la Bohême, qui devaient accompagner le texte d'un ouvrage important sur cette contrée, et pour cette collection on demandait un dessinateur habile. Dans cette occasion, malgré le calme et la raison qui présidaient à sa conduite, il ressentit une peine extrême à l'approche d'une séparation qui pouvait être longue. Il sentait tout ce que Valérie était devenue pour lui depuis qu'il avait goûté près d'elle les charmes d'une intimité où l'esprit et le cœur étaient également intéressés. Un motif, plus que les avantages pécuniaires, l'engageait encore à faire le voyage. Il avait reçu des lettres de Paris ; son ami lui mandait qu'il ne serait pas impossible de le faire rayer de la liste des émigrés ; que la plus grande partie de ses biens n'avaient point été vendus, et qu'enfin il pouvait encore espérer de rentrer dans sa patrie et dans ses propriétés. Cette nouvelle qui devait changer toute son existence le fit profondément réfléchir ; il sentit qu'il avait besoin de se soustraire au charme qu'exerçait sur lui la présence de Valérie, pour prendre un parti qui assurât leur mutuel bonheur.

Cette secrète résolution que son caractère peu communicatif lui faisait cacher à Valérie, le rendit plus grave et plus rêveur que de coutume. Huit jours se passèrent ainsi sans qu'il eût le courage de parler ; enfin un matin, veille du jour qu'il avait fixé pour son départ, il se promenait avec elle dans le parc, tandis que les jeunes princesses cueillaient des fleurs non loin de là ; ils s'étaient arrêtés près d'un rocher tout couvert de pervenches et d'où jaillissait une petite source d'eau vive. Eugène était sombre, et par un contraste assez bizarre, Valérie se sentait d'une gaieté charmante ; mais cette joyeuse disposition ne tint pas longtemps contre le regard plein de tristesse qu'il jeta sur elle, lorsqu'elle lui demanda en riant s'il avait eu, la nuit, de mauvais songes. « Oui, dit-il, car j'ai rêvé que je m'éloignais de vous. » Elle tressaillit : « N'est-ce qu'un songe ? demanda-t-elle en tremblant. — Non, ma charmante amie, reprit-il en s'efforçant de sourire, c'est une vérité, vous le voyez à la tristesse que je ne puis vaincre ; mais vous aurez plus de raison que moi, et vous me gronderez sans doute de ce manque de courage. » Alors en peu de mots il lui apprit son voyage et la nécessité où il se trouvait d'accepter les offres qui lui étaient faites, puisqu'elles n'étaient que le prélude d'autres plus avantageuses.

Valérie l'écoutait en silence et les yeux baissés pour lui dérober le trouble

·uel qui venait de s'emparer d'elle, à la ıbite pensée qu'il allait partir, qu'il ·ait changé de projets, qu'elle ne le ·verrait plus.... Comme il affectait aintenant beaucoup plus de fermeté ı'il n'en avait réellement, elle prit le ıange, et ne vit dans la tristesse qui ıvait d'abord frappée, que l'embarras ıturel que toute ame honnête éprouve tromper. Mille idées déchirantes tra- ·rsaient à la fois son esprit, et l'em- ·chaient d'entendre ce qu'il lui disait ·ur motiver son départ. Mille soup- ·ns l'assaillaient à la fois; pâle, immo- ·le et glacée, elle demeurait devant ·i sans pouvoir articuler un mot, tant ·s lèvres étaient agitées, sans pouvoir ·ver les yeux, tant elle avait de peine contenir ses larmes.

Effrayé de son état, de son silence, ·ugène lui prit les mains avec tendresse:

« Valérie! dit-il du ton du reproch
qu'avez-vous?.. Pourquoi ce trouble
Je ne vous reconnais pas à une telle fa
blesse... Cette absence ne sera p
longue; je reviendrai. » Ici Valérie r
leva vivement la tête, et son rega
s'attacha sur lui avec une expressi
indicible. Il y avait tant d'amour,
douleur et d'effroi dans ce mouvemen
qu'Eugène en fut attendri; il la ser
dans ses bras et dit d'une voix émue
« Je n'oublierai jamais cet instan
Valérie! non jamais, quoi qu'il puis
m'arriver dans ma vie.... » En pronon
çant ces paroles, ses lèvres essuyère
les larmes qui roulaient sur les jou
glacées de Valérie, puis la serrant av
transport contre son cœur: « O Va
lérie! dit-il encore, je ne t'oublier
jamais!.. »

Que pouvait dire la triste fille? C

aroles pleines de tendresse et de regret 'étaient-elles pas susceptibles aussi 'une interprétation alarmante ?... Ce épart précipité, le nuage qui depuis uelques jours couvrait le front sou-ieux du jeune homme, l'émotion qu'il araissait éprouver dans ce moment, es caresses même plus vives et comme rrachées par un sentiment inaccou-umé, tout jetait le trouble et la con-usion dans son esprit : elle avait trop eu le libre usage de sa raison pour dé-nêler la vérité, et n'osait parler dans la rainte de trahir cette pensée qui l'ob-édait malgré elle... « Vous voulez me romper!..» Car hélas! tel était le soup-on qui la rendait si malheureuse! Ce-endant quand il lui dit avec l'accent de amour : « Non, je ne t'oublierai ja-nais! » et qu'un nouveau baiser vint celler cette promesse, elle se baissa vers le ruisseau au bord duquel ils trouvaient, et cueillant dans ses ea une branche de cette fleur azurée q les filles allemandes donnent à leu amans, et qu'elles appellent la *fleur c souvenir*, elle la présenta à Eugène d'u air timide, en disant à demi-voix « Ne m'oubliez pas[1]!..

» — Que cette promesse soit récipro que, dit-il avec un doux sourire, partageons la branche fleurie. » Il lui e donna une partie en ajoutant : *Souve nez-vous de moi!...*

L'accent qu'il mit à ce peu de mo toucha le cœur de Valérie, et en chass les noirs soupçons. Elle releva vers lu ses yeux encore chargés de pleurs, e répétant le premier serment qu'elle lu

[1] *Vergiss mein nicht*. Ces trois mots réun forment le nom allemand du myosotis.

vait fait dans un semblable moment l'effusion : « Toujours ! dit-elle, tou-ours !... » Mot charmant que l'amour prononce avec tant de foi, et qui n'est souvent qu'une illusion du cœur !..

Les jeunes princesses se rapprochèrent, Valérie essuya ses larmes, et Eugène, après lui avoir baisé la main, la quitta ; les jeunes filles apportaient une grande quantité de fleurs dont elles demandèrent les noms à leur institutrice ; cette occupation la rendit à elle-même, et l'aida à cacher son agitation.

A l'heure de la leçon Eugène ne parut pas, et vers le soir Valérie apprit qu'il avait pris congé de la princesse pour un mois. Un douloureux soupir oppressa le sein de Valérie, à la pensée qu'elle ne le verrait plus, et pourtant elle lui sut gré de lui avoir épargné la douleur des adieux, tant la femme qui aime est ingénieuse à trouver des motifs louables dans la conduite de son amant même quand cette conduite blesse le plus douloureusement son cœur.

Maintenant que Valérie était abandonnée à elle-même, elle lutta avec force contre les chagrins de l'absence; Eugène avait dit : « Je ne reconnais pas Valérie à une telle faiblesse. » Elle chercha donc à se rendre maîtresse d'elle-même, et à se tranquilliser par tous les raisonnemens que l'amour put lui suggérer. Si Eugène avait montré tant de courage, c'était une preuve de tendresse de plus; ce départ qu'elle trouvait si cruel, n'était-il pas nécessaire? Et la médiocrité de leur fortune, autant que cette délicatesse qu'elle se plaisait à reconnaître dans son ami, contraignait celui-ci à ne négliger aucune occasion d'améliorer son existence; car autant qu'elle avait pu en juger par les demi-confidences qu'il lui avait faites, il n'avait d'autres biens que ses talens. Avec quelle joie Valérie songeait que l'état qu'elle avait embrassé assurait son avenir et celui d'Eugène! Les économies qu'elle faisait chaque année, jointes à la pension dont elle devait jouir après avoir rempli sa tâche, devenaient une petite fortune pour celui qui l'associerait à son sort; alors plus de voyages, plus de séparation, toujours ensemble! Travaillant, vivant l'un pour l'autre, quel avenir plein d'enchantemens! Et cette félicité serait due à l'amour. Hélas! elle oubliait que cet amour n'est pour la plupart des hommes qu'un jeu, un riant épisode de la vie, tandis que pour la femme, c'est un sentiment sérieux, profond, et trop souvent une triste et douloureuse histoire!...

Il n'en était pourtant pas ainsi de celui qui avait fait naître une affection si tendre. Eugène s'était arraché avec effort des lieux qu'habitait Valérie ; en rentrant chez lui pour faire les apprêts de son départ, il fut vingt fois sur le point de retourner au château pour la voir encore ; l'image de son amie en pleurs le poursuivait partout ; mais la crainte de rendre leur séparation plus pénible par de nouveaux adieux, et cette fermeté naturelle à son caractère, qui lui faisait tenir à un parti quand une fois il l'avait adopté, l'emportèrent sur sa sensibilité.

Dès le lendemain il entreprit son voyage ; il arriva bientôt à Egra, et prenant sa route à travers les montagnes qui sont au sud de cette ville, il commença sa collection selon les notes que lui avait données l'entrepreneur de l'ouvrage. Il visita successivement Tachau, Mutterdorf, Neumarck, et après avoir passé quelque temps à explorer les parties les plus pittoresques de cette contrée montagneuse, il regagna la grande route de Pilsen à Groenberg, terme de son voyage.

Un mois s'écoula dans ces courses. Eugène allait reprendre la route d'Ellenbogen et quitter la Bohême, lorsqu'on lui parla d'un château-fort, situé à peu de distance et remarquable par son ancienneté et par sa belle conservation. Le jeune amateur s'y rendit dès le lendemain, accompagné d'un guide; après trois heures de marche, il aperçut enfin à l'extrémité d'une vallée la masse grisâtre de ce monument des siècles de la féodalité. Il était bâti sur une éminence qui s'avançait au milieu d'un petit lac alimenté par les torrens des hauteurs voisines; cette espèce de presqu'île ne tenait à la chaîne de montagne dont elle faisait partie, que par une étroite chaussée à l'extrémité de laquelle s'élevait encore la partie inférieure d'une tour massive, destinée jadis à défendre ce côté du château. Rien n'était plus pittoresque que l'aspect de ce vieux manoir avec ses portes cintrées, ses fenêtres en ogives, ses galeries gothiques et ses murs flanqués de tourelles au haut desquelles flottaient de longues touffes de lierre et d'autres plantes grimpantes, comme pour remplacer les bannières belliqueuses qui les décoraient autrefois. Malgré l'état de vétusté qu'annonçaient les pierres rongées de ses angles et quelques autres parties dégradées, il élevait fièrement encore, comme au temps des croisades, sa masse indestructible; on eût dit, en le voyant, une de ces vieilles armures conservées avec soin dans nos arsenaux, et dont la force et la solidité nous inspirent une secrète admiration pour les hommes géans qu'elles ont jadis défendus.

Eugène s'était arrêté au pied d'un arbre; il considérait tour à tour la transparence des eaux du lac, qui reflétaient comme un miroir une partie de cette antique demeure; les ombrages qui l'entouraient, à travers lesquels on découvrait les blocs énormes de granit rouge sur lesquels elle était assise, et sa position, à l'extrémité de ce vallon ouvert au nord, qui permettait à ses tours noircies de se dessiner sur l'azur éclatant du ciel, tout se réunissait pour charmer l'imagination du jeune peintre : il tira sur-le-champ ses crayons, ses pinceaux, et commença à jeter sur le papier une esquisse de cet imposant tableau. Bientôt, entraîné par le charme de la peinture, au lieu d'indiquer, suivant sa coutume, avec de simples traits et quelques teintes légères, une ébauche qu'il terminerait ensuite de souvenir, il ne put résister au plaisir d'imiter ce qu'il avait sous les yeux. L'image de Valérie vint se mêler à cette pensée; il résolut de terminer ce paysage avec soin, et de le lui offrir à son retour. Dans cet espoir, se livrant à toute l'inspiration de son talent, il retraça, avec autant de hardiesse que de bonheur, la scène sublime qui s'offrait à ses regards.

Absorbé dans cette occupation attachante, il oubliait les heures; la matinée était déjà fort avancée, et les ombres variant avec la marche du soleil, il fut forcé de quitter un instant son ouvrage. Dans ce moment il aperçut derrière lui ın homme d'un certain âge, vêtu en ·hasseur, et qui, appuyé sur son fusil, emblait suivre des yeux son travail. Bravo! jeune homme, dit-il avec cor- lialité, lorsque ce dernier tourna la ête vers lui; voilà qui est habilement ait! Je n'ai pas osé vous interrompre ɔour vous faire mon compliment; il y ıvait tant de promptitude dans votre ·xécution, tant d'inspiration dans votre ·egard, que c'eût été troubler les mys- ères que de vous adresser la parole. Maintenant, permettez-moi de vous ex- ɔrimer toute mon admiration. » Eugène ·épondit avec modestie à ce compli- nent; l'étranger l'interrompit: « Vous ·tes Français, dit-il, je l'entends à vo- re accent; tant mieux, j'aime beaucoup es Français, quoique je me sois plus l'une fois battu contre eux... Voilà ce que j'ai reçu à Fleurus, continua-t-il en montrant un large bandeau noi qui lui couvrait tout le front; auss m'a-t-on envoyé ici pour faire la guerr aux lièvres..... Mais cela ne m'empê che pas d'aimer, d'estimer vos com patriotes, et surtout ceux qui ont d talent. »

Il apprit alors à Eugène qu'il était l possesseur du château de Razdiowit et il l'invita à venir s'y reposer.

Cette offre était faite avec trop d bienveillance pour être refusée; d'ail leurs, Eugène était levé depuis troi heures du matin, et il sentait le besoi de réparer ses forces. Il accepta don la proposition de vieux militaire; il re ferma aussitôt son porte-feuille, se lev et suivit le maître du château. Celui-c le conduisit à travers des prairies, de champs de blé et des vergers de pom miers qui descendaient jusqu'aux bord du lac, du côté opposé à celui qu'Eugène avait peint; les eaux du petit lac qui jadis baignaient la base de l'antique manoir et s'étendaient jusqu'au pied de la chaussée, s'étaient retirées, et laissaient à découvert une immense pelouse qui servait de pâturage aux chevaux du comte de Razdiowitz; une route, plantée d'aunes et de peupliers, la traversait et conduisait en serpentant jusqu'à la porte principale du château.

En passant sous cette voûte épaisse, garnie encore de sa herse et de ses longs machicoulis, Eugène ne put s'empêcher de s'étonner de la conservation de cet antique édifice, dont les portes massives auraient encore résisté à un assaut. « C'est la demeure de mes ancêtres, répondit le maître du château, à la remarque d'Eugène; elle a toujours été entretenue avec un soin presque religieux par tous les membres de la famille : mon frère aîné, qui en fut le dernier possesseur, l'a maintenue dans cet état. Hélas! ajouta-t-il d'une voix émue, il a succombé près de moi à Fleurus.... Sa mort m'en a fait hériter ainsi que de son titre et de ses biens, et je mets un certain orgueil à suivre son exemple. »

Après avoir traversé la cour et le perron d'honneur, le comte fit entrer son hôte dans une vaste salle toute remplie de vieilles armures et de bannières poudreuses. « Ne vous effrayez pas de tout cet appareil chevaleresque, dit-il en souriant; quoiqu'il puisse nous reporter au temps des mœurs grossières de nos aïeux, nous n'en avons conservé que la franchise, la simplicité; soyez donc le bienvenu aujourd'hui, jeune homme, comme vous l'eussiez été jadis. »

Aussitôt un domestique bien vêtu leur ouvrit une porte de côté, et tous deux entrèrent dans une jolie salle à manger, éclairée par deux grandes fenêtres, et au milieu de laquelle se trouvait une table servie pour un déjeuner. Le vieux comte dit au domestique d'ajouter un couvert et d'aller prévenir sa femme et sa fille qu'il était revenu de la chasse, et qu'il ramenait avec lui un étranger.

En attendant leur arrivée, le maître du logis semblait examiner le jeune peintre avec autant d'intérêt que de curiosité ; il lui fit quelques questions pour connaître le lieu de sa naissance, son rang, sa profession. Eugène répondit avec simplicité que sa famille était originaire du Poitou, qu'il avait passé une partie de sa jeunesse en Allemagne, que la mort lui ayant enlevé son dernier parent, et la révolution française la possibilité de rentrer dans ses biens, il avait embrassé la vie d'artiste, qui convenait à ses goûts et à sa situation.

Le vieux comte parut l'écouter avec plaisir : « Et moi aussi, dit-il, j'ai été élevé en France; j'avais même un ami dans la province où vous êtes né, le comte Paul de Thouars.... Il m'était bien cher.... » A ce nom, Eugène tressaillit, et tout ému par ce souvenir, son secret lui échappa, il ne put s'empêcher de répondre : « Hélas! c'était mon père !.... — Votre père, s'écria le vieux militaire avec l'expression de la plus joyeuse surprise; serait-il possible? Mais oui, je n'en doute pas; voilà pourquoi, au premier coup-d'œil, vous m'avez intéressé; je cherchais sur votre physionomie les traits de mon pauvre ami.... Embrassez-moi, mon cher enfant !.... »

La franchise amicale du vieux comte, le nom qu'il venait de prononcer, attendrirent le jeune homme jusqu'aux larmes ; il se jeta dans ses bras avec une affection toute filiale. Après que leur première émotion fut un peu calmée, Eugène confia au digne vieillard tous ses secrets; il lui apprit la perte qu'il avait faite de son aïeul, et comment la répugnance qu'il avait éprouvée à prendre du service contre son pays lui inspira la résolution de cacher son nom et de se suffire à lui-même, puisque la fortune l'avait privé de toute autre ressource. Le comte ne pouvait se lasser de le regarder et de l'entendre : « Oui, disait-il, voilà bien la physionomie douce et sage de mon cher Paul ; voilà bien ses yeux et son aimable sourire qui, nous le disions alors, eût embelli la bouche d'une femme. Hélas! il avait votre âge quand notre amitié commença; je le quittai peu de temps après son mariage, et à mon second voyage en France j'appris qu'il n'était plus. Les événemens ne m'ont pas permis de conserver toutes mes relations; si j'eusse su, lorsque j'étais à l'armée, que le maréchal eût près de lui un fils de mon ami, j'aurais demandé de lui servir d'appui, quoiqu'à cette époque je ne fusse pas encore comte de Razdiowitz, mon frère étant possesseur des titres de notre famille; mais j'aurais tout partagé avec le fils de mon ami.»

Dans ce moment la porte s'ouvrit et les deux dames parurent. L'épouse du comte était belle encore, et son visage respirait la plus touchante bonté. Sa fille, jeune et charmante personne de quinze ou seize ans, avait baissé les yeux à l'aspect de l'étranger, et se tenait timidement derrière sa mère. Le vieux comte s'avança vers elles, et leur présentant son hôte : « Ma femme, ma fille, dit-il, souhaitez la bienvenue à ce jeune homme, c'est le fils de mon cher Paul, c'est le comte Eugène de Thouars!.... »

Aux premiers mots de son mari, la comtesse s'était approchée du jeune homme avec empressement, et Eugène, touché de cette marque de bienveillance, lui baisa la main avec respect. Pendant ce temps, la jeune personne était restée debout, près de la porte, les yeux fixés sur l'étranger : « Grand Dieu! s'écria-t-elle en joignant les mains avec l'expression de la plus vive surprise, c'est lui!.... oui, c'est bien lui.... Mon père, ma mère! regardez-le.... C'est lui qui a sauvé votre fille! » Une égale surprise frappait les parens et le jeune homme.

« Vous voilà donc enfin, Monsieur, dit-elle d'une voix tremblante d'émotion; vous avez bien long-temps méprisé la tendre reconnaissance d'un père, d'une mère; vous avez bien long-temps dédaigné de revoir l'enfant que vous aviez sauvé, et qui pourtant depuis ce jour ne cessait de prier Dieu pour vous.... » En disant ces mots, elle fondit en larmes et se jeta dans les bras de sa mère. « Serait-il vrai? dit le comte, et dans le fils de mon ami serais-je assez heureux pour trouver le libérateur de mon enfant?... Vous souvient-il qu'en Suisse, au milieu d'un incendie, une jeune fille.... — Quoi! interrompit Eugène, à qui ces mots rendaient cette scène intelligible, vous seriez M. de Beurnitz, major au service d'Autriche? — C'est moi-même.... — Ah! c'est bien lui, reprit la jeune fille en pleurs, croyez que mon cœur et ma mémoire ne me trompent point, l'une est aussi fidèle que l'autre; et s'il vous restait quelques doutes.... » Elle fit quelques pas; l'expression d'une joie vive anima soudain son visage. « Voyez, dit-elle, en prenant la main d'Eugène, et en montrant un gros anneau d'or à l'un de ses doigts; ma mère, reconnaissez au moins cette bague que vous aviez chargé la Suissesse de lui remettre.... »

A cette vue, tous les doutes furent éclaircis, et le jeune homme, pressé tour à tour dans les bras des tendres parens, éprouvait une joie pure, et partageait leur ravissement.

On conçoit tout ce qu'une pareille découverte avait d'attendrissant, et quels rapports affectueux elle établit entre Eugène et ses hôtes. La mère ne cessait de bénir le jeune homme et de l'accabler des soins les plus tendres; la jeune demoiselle, qu'un moment d'une exaltation bien naturelle avait fait sortir de sa réserve ordinaire, tout en reprenant la timidité de son âge, lui témoignait un intérêt si doux, si attrayant, qu'Eugène, ému, se laissait aller au charme de sa situation, sans retour vers le passé, sans un regard sur l'avenir.

Après le repas, et pendant que la jeune fille racontait pour la dixième fois, ce qu'elle avait éprouvé, quand elle avait vu son libérateur s'élancer au milieu des tourbillons de feu et de fumée qui allaient l'engloutir, et l'aracher demi-mourante à cet affreux langer; pendant qu'elle semblait se plaire à redire avec une touchante ingénuité, tout son chagrin de ne pouvoir le remercier avant de quitter la Suisse; toutes les informations que ses parens avaient fait prendre sur lui, es longs entretiens avec sa mère (entretiens dont il était l'objet), et qui e terminaient toujours par des vœux adressés au ciel pour son bonheur; pendant ce temps, disons-nous, le père se promenait dans la chambre d'un air préoccupé; de temps en temps l s'approchait du jeune homme, lui serrait la main en silence, ou confirmait d'une voix affectueuse ce que disait sa femme ou sa fille. Une fois même il s'arrêta devant les jeunes gens, leur prit la main à l'un et à l'autre, et attachant sur eux des yeux pleins du plus vif attendrissement, i garda un moment le silence...... pui comme si une réflexion inattendue s fût présentée à son esprit, il baisa l front de sa fille, et proposa à son jeune ami de faire une promenad en attendant qu'on eût disposé l'ap partement qu'il devait occuper: « Car ajouta-t-il cordialement, j'espère qu vous ne songez pas à nous quitter d sitôt. » Eugène allégua les engagemen qu'il avait pris avec des graveurs e des dessinateurs de la résidence, pou l'ouvrage qui avait occasioné son voyage. « Je ne veux pas, reprit le comte que vous parliez d'affaires avant hui jours, alors nous verrons.... »

La comtesse joignit ses instances celles de son mari, et Eugène ne pu refuser des offres faites d'une manièr si amicale : il céda aux vœux de l'aiable famille; mais comme ce retard pouvait compromettre des intérêts qui n'étaient pas tout-à-fait les siens, et que d'ailleurs il craignait d'inquiéter Valérie, en prolongeant son absence au-delà du terme que lui-même avait fixé, il écrivit le soir même à la résidence, et la nuit était déjà bien avancée quand il termina la lettre dans laquelle il rendait compte à sa jeune amie de la singulière rencontre qu'il avait faite dans les montagnes de la Bohême.

Dans cette lettre, il se plut surtout à décrire à Valérie la tendre reconnaissance de la fille du comte, et l'aspect séduisant sous lequel elle s'était présentée à ses yeux.

« Figurez-vous, écrivait-il, une » taille élégante et svelte, la fraî» cheur de quinze ans, une bouche de

» rose, des yeux d'azur, et je ne
» sais quoi de calme, de pur, d'angé-
» lique, répandu sur les traits, dans
» le regard, qui rappelle les belles et
» nobles vierges dont Albert Durer
» a trouvé le modèle parmi les filles
» de son pays. Elle a reçu l'éducation
» la plus distinguée, elle parle plu-
» sieurs langues avec facilité, et l'al-
» lemand, que nous autres Français
» trouvons si rude et si guttural, re-
» çoit, en passant par ses lèvres, une
» douceur et une grâce singulières. Je
» n'aurais jamais cru que cet idiôme
» se prêtât si bien à la musique. J'en
» fus convaincu le soir en l'entendant
» chanter un des beaux hymnes de
» Klopstock, et un chant populaire
» de Burger; sa voix dont le timbre
» est doux et pénétrant, réunit à une
» étendue extraordinaire, des inflexions

» tendres et pleines de mélancolie,
» qui touchent et remuent le cœur.
» Elle accompagne son chant des
» sons d'une de ces petites harpes
» portatives en usage dans ce pays.
» En voyant cette jeune fille assise
» auprès de ses parens, son vête-
» ment de couleur sombre, enrichi
» d'antiques bijoux, ses cheveux
» blonds d'une nuance tirant sur l'or
» pâle, séparés sans boucles sur le
» front, et rattachés en tresses der-
» rière sa tête, selon la mode du pays,
» on eût dit une de ces nobles Alle-
» mandes que les vieilles ballades
» nous représentent comme des mo-
» dèles de simplicité, de pudeur et de
» grâce. »

Cette lettre contenait, outre de nombreux détails sur son voyage, les assurances d'un attachement vrai et profond, mais exprimées avec calme, sans passion et accompagnées surtout de cette sécurité qui honore l'amant qui l'éprouve et la femme qui l'inspire. Pour une femme tendre, craintive et toujours défiante d'elle-même comme l'était Valérie, ce langage de la raison n'était pas suffisant, surtout quand il était joint au portrait d'une jeune beauté qu'on avait arrachée à la mort, et dont la reconnaissance semblait égaler les attraits. La joie de Valérie à la vue de cette lettre avait été vive, inespérée, c'était la première qu'elle recevait d'Eugène, et plus d'un mois s'était écoulé depuis son départ; chaque jour, occupée de lui, elle attendait une preuve de son souvenir, et chaque jour trompait son attente. Quand ses idées noires la saisissaient, ses pas rêveurs la conduisaient dans le cabinet où il lui avait promis de prendre soin de son bonheur, où il lui avait dit : « Pour toujours, Valérie!... » Dans la promenade, dans le parc, elle s'arrêtait machinalement au bord de ce ruisseau près duquel elle avait reçu ses adieux et la promesse d'un éternel souvenir. Le jour même de son départ, elle avait cueilli des touffes à demi fleuries de myosotis, et selon qu'elle l'avait vu pratiquer à de jeunes filles allemandes, lorsqu'un voyage forçait leur amant à les quitter, elle en avait tressé une couronne et l'avait placée au fond d'une coupe d'albâtre qui décorait sa cheminée. Elle versait chaque matin un peu d'eau dans le vase, et les tiges de ces fleurs aquatiques s'abreuvant sans cesse, leurs épis recourbés se déroulaient lentement chaque jour, et émaillaient d'azur le bord de la coupe.

Par une de ces douces superstitions, bien connue de ceux qui ont aimé, elle avait attaché une idée mystérieuse à l'éclat et à la durée de ces fleurs. Symboles du souvenir d'Eugène, elles devaient conserver leur fraîcheur et leur beauté tout le temps que durerait son absence, et prolonger leur existence jusqu'à son retour. Hélas!... près de la moitié des tiges avaient déjà fleuri, quand Valérie reçut la lettre d'Eugène. A la vue de ces caractères chéris, elle oublia tous ses chagrins; en ouvrant la lettre elle était animée du plus doux espoir; elle allait donc enfin lire dans ce cœur qui ne s'était encore ouvert qu'à demi, qu'elle n'avait pu jusque-là bien pénétrer, ou que peut-être elle n'avait pas encore bien compris. Le ton simple, mais rassurant, l'aimable confiance, qui y régnaient, produisirent d'abord un heureux effet; elle lut avec intérêt les détails de l'entrevue d'Eugène avec l'ami de son père; l'instant où il peignait la jeune fille s'écriant : « C'est lui! » l'émut au dernier point. Elle connaissait la touchante aventure qui avait donné lieu à cette reconnaissance. C'était ce récit fait par la fille d'Unterséen qui avait disposé son cœur à l'amour qu'elle portait aujourd'hui à Eugène.

Mais, à mesure qu'il entrait dans des détails sur la jeune fille, à mesure qu'il décrivait avec une sorte de complaisance sa beauté, sa grâce, sa candeur, l'expression de joie qui avait animé les traits de Valérie s'effaçait par degré; de pénibles soupirs oppressèrent sa poitrine; elle se sentit pâlir, et fut enfin obligée de s'asseoir, car ses genoux tremblaient sous elle. Cette sensation fut d'autant plus pénible, qu'Eugène, entraîné par le charme de la narration, avait employé toute la dernière partie de sa lettre à cette description, et s'était vu forcé de la terminer assez brusquement, faute d'espace; de manière que rien de tendre, ni de rassurant ne vint atténuer l'impression fâcheuse qu'avait reçue Valérie.

Une seconde lecture la rendit pourtant plus raisonnable; d'ailleurs le commencement de la lettre était plein de choses affectueuses, et ne parlait que d'elle seule : elle en pesait les expressions, elle leur donnait toute l'extension possible; souvent même elle voulait y trouver un sens caché, plus délicat ou plus tendre que celui qu'elles semblaient contenir. Mais en approchant de la fatale page, elle hésitait, revenait sur ses pas; elle sentait son trouble renaître; les battemens de son cœur s'accéléraient, et pourtant!... comme si quelque puissance magique l'y eût contrainte, elle relisait ce passage qui l'attirait avec tant de force, et qui lui causait un mal si étrange. Tandis que, pensive et occupée de ses émotions, elle reployait lentement la lettre, ses regards se portèrent sur la coupe qui contenait ses myosotis; la verdure en était fraîche, les fleurs brillantes, et les tiges chargées encore de l'espoir d'une longue floraison. Croirait-on que cette vue écarta une partie des nuages qui obscurcissaient le front de Valérie?.... Deux lignes qu'elle aperçut presque sous le cachet achevèrent de les dissiper entièrement : Eugène annonçait son retour pour le 15 du mois suivant, et Valérie se livra de nouveau au bonheur d'espérer.

Quinze jours s'écoulèrent lentement. L'époque marquée pour le retour d'Eugène passa; des jours, des semaines lui succédèrent, sans qu'une nouvelle lettre vînt justifier ce retard, et calmer le trouble et l'inquiétude croissante de la pauvre Valéric. Elle avait épuisé toutes ces conjectures frivoles ou raisonnables, ressource ordinaire d'une imagination vive, d'un esprit accoutumé aux contrariétés de la vie : elle se représentait les instances que les nouveaux amis d'Eugène avaient sans doute faites pour le retenir; quelques parties de plaisir arrangées pour lui; enfin tous les obstacles imprévus qui souvent prolongent un voyage. D'autres fois elle pensait avec terreur qu'il était peut-être tombé malade...; peut-être était-il souffrant, abandonné aux soins des étrangers..., dans une auberge isolée, sans secours... Cette idée jetait tant de trouble et d'effroi dans son esprit, qu'elle préférait bien vite le supposer encore au château, dût-elle se le représenter près de la charmante fille du comte, et cette dernière lui chantant les odes de Klopstock d'une voix inspirée, ou soupirant avec expression une tendre romance. Alors elle se hâtait de rappeler à sa mémoire quelques-uns des passages les plus tendres de la lettre d'Eugène, ou de presser sur son cœur cette lettre qu'elle portait sans cesse comme un antidote à son chagrin secret, mais auquel l'éloge de la jeune fille mêlait toujours un peu d'amertume.

Il y avait déjà plusieurs jours qu'elle était dans cet état de perplexité, lorsqu'un matin, se trouvant dans l'appartement de la princesse, on annonça la comtesse douairière de K***, proche parente de la princesse; Valérie, occupée de ses élèves, ne quitta point la chambre.

La comtesse était encore en habit de voyage, elle revenait de Prague où l'avaient appelée des affaires de famille. Le nom de la capitale de la Bohême attira l'attention de Valérie. La vieille dame se plaignit amèrement de la longueur de la route, du mauvais état des chemins, de la maladresse des postillons; et quand elle eut épuisé tout le chapitre des inconvéniens, elle dit tout-à-coup : « A propos, ma nièce, il faut convenir que vous êtes bien discrète! Comment! il faut que j'aille à cent lieues d'ici pour savoir le nom de votre mystérieux jeune homme! Au reste, quoique je ne me sois jamais fort prévenue en faveur des émigrés français, j'avais toujours soupçonné que ce jeune homme était d'une naissance illustre; vous auriez pu me confier votre secret...

» — En vérité, ma tante, j'ignore encore entièrement son nom, son rang; il n'a voulu être auprès de nous qu'un simple artiste: comme vous, je le croyais bien né, mais c'était une raison pour respecter son incognito.

» — Voilà qui n'est pas croyable, reprit la vieille comtesse avec obstination; vous l'avez connu en Suisse, vous l'avez fait venir ici, et vous saviez fort bien que ce prétendu peintre était le jeune comte de Thouars, fils du comte Paul de Thouars, et petit-fils du maréchal de ce nom! une ancienne et noble famille du Poitou et alliée à l'illustre maison des La Trimouille!... »

L'étonnement de la princesse parut

extrême; elle se tourna du côté de Valérie, et lui dit: « Votre compatriote vous avait-il confié son secret? — Je l'ignorais entièrement, » répondit-elle d'une voix à peine intelligible, tant l'agitation de son cœur était violente.

« Au reste, reprit la comtesse, je ne sais si cet incognito si sévère avait quelque motif caché; le fait est que ce jeune homme est très-digne du sort heureux qui lui est destiné. Vous savez qu'il est en Bohême dans ce moment; il a trouvé là, dans le comte palatin de Razdiowitz, un ancien ami de son père: par le plus grand hasard du monde, votre M. Eugène a sauvé la jeune comtesse du milieu des flammes dans un incendie, je ne sais où, en Suisse, je crois, où elle fit un voyage avec ses parens, il y a quelques années; elle l'a reconnu de suite, tant elle avait présent le souvenir de son libérateur. Vous jugez de la reconnaissance du père, de sa joie de devoir un service de cette importance à un jeune homme possesseur d'un si beau nom, et fils d'un ancien ami; aussi nul doute qu'avec la main de sa fille, il ne le mette en possession de ses grands biens, au moins c'est le bruit général à Prague. Le major le peut, puisqu'il n'a pas d'héritiers mâles, et d'ailleurs il est assez bien à la cour de Vienne pour en obtenir l'autorisation. »

La comtesse s'étendit encore fort au long sur les avantages d'une telle alliance, sur la beauté de la jeune personne; Eugène l'avait accompagnée à une fête qui se donnait dans les environs, et tous deux semblaient faits l'un pour l'autre; mais Valérie n'entendait plus rien. Frappée au cœur d'une douleur aiguë, mortelle, elle ne songe qu'à trouver le moyen de sortir sans attirer sur elle l'attention; elle compose son visage, raffermit le son de sa voix pour dire quelques mots à ses élèves sur leur ouvrage, et gagnant la porte opposée au côté où les dames se trouvaient assises, elle fuit comme poursuivie par un spectre menaçant; elle monte l'escalier, se précipite dans son appartement, en ferme la porte au verrou, et haletante d'une course rapide, éperdue d'angoisse et de douleur, elle se jette sur une chaise et pleure sans contrainte.

La pluie tombait alors à torrens, un vent violent ébranlait la toiture; tantôt se glissant à travers les ardoises, il produisait des bruits discordans; tantôt s'engouffrant avec fureur dans les cheminées, il faisait entendre des mugissemens pareils aux roulemens du tonnerre. Accablée par ses sensations, Valérie cachée dans l'angle le plus obscur de l'appartement, restait immobile, et comme courbée sous la violence de la tempête qui s'agitait autour d'elle.

Aucune pensée distincte ne s'élève dans son esprit; elle sent seulement qu'elle a tout perdu, et que désormais la vie est finie pour elle : son cœur est mort à l'espérance; elle est dans l'état d'un homme qui du rivage a vu périr le navire qui portait toute sa fortune, et qui n'aperçoit pas même ses débris au milieu des flots courroucés.

Cependant le chagrin dans une ame élevée, et surtout un chagrin purement personnel, n'atténue pas entièrement le sentiment du devoir. Valérie sort de son profond accablement en songeant à ses élèves et aux obligations que sa situation lui impose; il faut qu'elle dissimule soigneusement à tous les regards le coup mortel dont son cœur est blessé.

L'émotion violente qu'elle vient d'éprouver lui a donné un mouvement de fièvre; elle le sent à la douleur de son front, au léger frisson qui parcourt ses veines; mais profitant de l'espèce d'animation qu'elle lui cause, pour déguiser son trouble, elle essuie les traces de ses larmes, et parvient enfin à se rendre maîtresse d'elle-même.

Par un hasard heureux, l'arrivée de la comtesse ayant donné lieu à un repas de gala, Valérie et ses élèves mangèrent dans leur chambre. Il lui en coûta peu pour tromper les jeunes filles, et le prétexte d'un mal de tête suffit pour justifier son abattement; elle chercha même à se distraire en les faisant jouer auprès d'elle; mais quand l'heure du repos fut arrivée, elle en profita bien vite pour se soustraire à la nécessité de paraître gaie et tranquille quand son ame était remplie de trouble et de douleur.

La fièvre qui l'agitait et lui donnait des forces factices, dura toute la nuit; vers le matin elle s'endormit, et l'épuisement lui fit croire qu'elle avait déjà recouvré du calme. Mais au réveil!.... Dieu, quel changement! Où sont-ils ces jours où, en s'éveillant, sa première pensée était une pensée de bonheur; où les doux souvenirs de la veille s'unissaient aux espérances du lendemain? Elle le voyait chaque jour, du moins elle pouvait l'attendre; mais aujourd'hui!.... non-seulement une immense distance les sépare, non-seulement l'orgueil d'un nom, d'un rang pour lequel elle n'est pas née, élève entre eux une barrière, mais plus que tout cela, une jeune fille, dont la beauté... Ah ! sa pensée ne peut s'arrêter sur cet objet ; l'infortunée Valérie connaît maintenant la jalousie ; non point cette passion aveugle, terrible, qui déshonore également celui qui l'éprouve et celui qui en est l'objet ; mais cette douleur lente, cruelle, qui accompagnée d'un affligeant retour sur soi-même cause un si profond découragement. Ainsi, pour la triste Valérie, le malheur de n'être point aimée ne fait que confirmer l'opinion peu avantageuse qu'elle a d'elle-même.

Quelquefois elle s'accuse d'une crédulité enfantine ; l'a-t-il jamais vraiment aimée ? Quelles assurances lui en a-t-il donné ? Aurait-elle pris les paroles de l'amitié pour le langage de l'amour ? Il a dit : « Confiez votre bonheur à votre ami ! » Mais a-t-il jamais dit : « Valérie, je vous aime, je veux vous épouser.... » Et pourtant tous ces mots charmans, dont son cœur garde la mémoire; ce serrement de main; la fleur du souvenir, donnée et reçue en signe de foi; ce regard, qui semblait plein d'amour; ce baiser même, la douleur des adieux, la promesse du retour, tout cela ne serait-il dû qu'au hasard ou à une émotion passagère, hélas! comme tout ce qu'il y a de doux et d'heureux dans ce monde!... Mais, ô ciel! si la vanité seule avait pris le change! si elle n'avait dû qu'à une injurieuse pitié ce qu'elle croyait l'expression d'un sentiment trop tendre!... A cette pensée, une subite rougeur couvre son front, son ame se révolte... Mais bientôt la morne pâleur du désespoir la remplace, car elle sent qu'en perdant ses illusions elle perd tout ce qui l'attache à la vie. Cet état violent dura plusieurs jours, et sa santé s'en altéra. A la douleur continue, poignante, qui ronge son cœur, elle se berce de l'espoir que ce mal pénétrera enfin jusqu'aux sources de la vie, et qu'elle aura peu de temps à souffrir.

Le soir, quand la fatigue ferme ses yeux noyés de pleurs, elle songe avec une secrète joie que demain peut-être elle ne se réveillera plus. Dans cette espèce d'engourdissement, qui n'est point le sommeil et qui n'est plus la veille, elle se livre aux idées les plus fantastiques; elle se voit mourir, et l'on apprête pour elle la pompe des funérailles; ses élèves chéries, et les jeunes filles du palais, vêtues de blanc, forment son cortége; d'après la demande qu'elle en avait faite, on dépose son cercueil au bord du ruisseau où elle a vu Eugène pour la dernière fois, une couronne de myosotis décore sa tombe. Eugène arrive; il est trop tard, on la place dans son dernier asile.... Frappé de stupeur, il s'informe, il questionne, et la princesse en pleurs répond : « Une douleur secrète l'a conduite au tombeau.... Elle est morte sans avoir dit son mal, sans avoir exhalé une plainte...... »

Le sommeil secourable la surprend au milieu de ces tristes rêveries, elle croit mourir, et le lendemain ses yeux, blessés de l'éclat du jour, se rouvrent avec un douloureux étonnement; la douleur endormie au fond de son cœur s'éveille alors et lui apprend qu'il faut vivre encore.

Cependant cette nouvelle qui a fait pendant une semaine le sujet de l'entretien de la cour, commence à s'oublier, Valérie n'éprouve plus l'insupportable tourment d'entendre redire les circonstances de son malheur et même d'en recevoir les félicitations comme d'un bonheur échu à un compatriote. Dans ces lieux où l'étiquette règle tout, jusqu'aux convenances de sentiment, nul ne soupçonne les secrètes angoisses de la pauvre fille, tant une union, un sentiment fondé sur une mésalliance, semblerait, aux yeux des gens de cour, une folie insigne ou du moins de courte durée.

Son secret lui appartient donc tout entier. N'entendant plus prononcer le nom d'Eugène, elle recouvre un peu de calme; elle voit, avec une douloureuse surprise, que sa santé, d'abord ébranlée par ce choc violent, s'est raffermie, et que les grandes douleurs qui tuent l'ame n'affectent pas toujours le corps. Bientôt, moins irritée et toujours généreuse, elle cherche à excuser Eugène; s'il n'a point écrit, peut-être qu'une tendre pitié, une délicatesse dont elle comprend bien les motifs, l'a fait hésiter à lui avouer le changement arrivé dans sa fortune; peut-être même l'espèce de promesse qu'il lui a faite de se charger de son sort, l'empêche de répondre aux vœux du comte, et retarde pour lui le moment d'être heureux. « Ah! il est plus généreux que moi, s'écria-t-elle; ses torts sont ceux de la fortune, pouvait-il refuser ses faveurs? D'ailleurs, qu'aurais-je à lui offrir? rien qu'un cœur plein d'amour. Pour jouir du revenu de ma place, il faut attendre encore quatre ans: j'aurai alors vingt-huit ans, je ne suis point belle... Je ne serai plus jeune, ajouta-t-elle avec un soupir; » et levant les yeux vers une glace, elle compara tristement dans sa pensée cette fraîcheur de quinze ans, dont Eugène lui avait fait une si charmante description, avec la morne pâleur que le chagrin, plutôt que l'âge, avait déjà répandue sur son visage.

« Et pourquoi pleurer ? reprenait-elle, en versant des torrens de larmes ; pourquoi pleurer comme un faible enfant la perte de mes espérances, puisqu'elles n'étaient, hélas ! que de rians mensonges ? puisque par un revers cruel pour moi seule toutes nos relations sont changées ? C'était d'Eugène proscrit, inconnu, vivant du travail de ses mains que je voulais faire le bonheur ! c'était de lui seul que j'avais reçu une promesse !... Mais qu'ont de commun aujourd'hui les intérêts du brillant comte de Thouars, d'un descendant des

La Trimouille, avec l'obscure et pauvre Valérie, presque aux gages des étrangers ?.... »

Cette pensée remplit son cœur d'amertume, et son esprit s'égara dans un dédale de suppositions romanesques qui tour à tour faisaient palpiter son sein ou couler ses larmes. Cependant, par un effort digne de son ame courageuse, elle s'arracha à ses vaines et dangereuses rêveries, dernier refuge d'une espérance qui, avant d'expirer, s'attache à tout et se débat violemment contre de tristes réalités. Bientôt même, se livrant aux plus nobles résolutions : « Eh ! quoi ! je l'aime, s'écria-t-elle, et je ne saurais rien sacrifier à son bonheur !.... Je l'aime, et je ne remercie pas le ciel qui le replace au rang pour lequel il était né, et récompense ainsi son action généreuse? Insensée !

qui sait même si la vie simple, obscure, laborieuse, et pourtant accompagnée de joies modestes, qui l'attendait près de moi, l'eût toujours rendu heureux? N'eût-il jamais éprouvé de regrets?.... Non, Eugène, poursuis ta noble carrière, remonte au rang qui t'est dû; la triste Valérie ne sera jamais un obstacle à ton bonheur; et dût mon cœur se briser jusqu'à en mourir.... je consommerai moi-même le sacrifice. »

Aussitôt elle s'assied à son bureau, et de même qu'un malheureux suicide saisit lentement et d'une main convulsive l'arme qui doit lui ôter la vie, elle prend la plume pour écrire à Eugène.

D'abord, déguisant sa pensée, elle veut essayer un ton léger, et cacher, sous les formes de la plaisanterie, le chagrin cruel dont elle est dévorée; mais sa main s'y refuse, et des pleurs amers effacent les phrases menteuses qu'elle s'efforçait d'assembler. A la fin, lasse de lutter contre elle-même, après avoir pris, jeté et repris vingt fois la plume, elle écrivit ce peu de lignes.

« Pardonnez-moi, mon ami, si au
» milieu de la joie dont vous êtes en-
» touré, je viens vous distraire et ré-
» veiller un souvenir aujourd'hui sans
» doute pénible pour vous, mais que
» le soin de votre bonheur me donne
» la force de vous rappeler.

» L'amour et la fortune vous sou-
» rient; leurs faveurs vous étaient bien
» dues; jouissez-en complètement,
» mon ami, et qu'aucune idée fâcheuse
» du passé ne vienne troubler votre
» félicité. Quoique par suite de ces
» événemens, dont je remercie pour
» vous le ciel, tout dût être fini entre
» nous,... j'ai cru devoir vous écrire,

» pour vous assurer que l'humble Va-
» lérie dégage entièrement le comte de
» Thouars de toute espèce d'engage-
» ment contracté dans un temps.... plus
» heureux pour elle.... C'était à Eu-
» gène, proscrit et pauvre comme elle,
» qu'elle eût consacré sa vie, c'était à
» lui seul qu'elle avait confié son bon-
» heur....

» L'amitié, puisque tel était le sen-
» timent que vous aviez pour moi, est
» d'ordinaire aussi confiante que gé-
» néreuse; un peu plus de franchise
» de votre part m'eût épargné une il-
» lusion cruelle.... vous ne m'en avez
» pas jugée digne. Je ne vous accuse
» pas; c'est un malheur pour moi de
» n'avoir pas su vous l'inspirer....

» Adieu, mon ami, oubliez-moi,
» soyez heureux, ce sont les derniers
» vœux de Valérie. »

En achevant ces mots, la plume s'échappa de ses doigts glacés; un froid mortel parcourut tous ses membres, et elle demeura pendant quelques minutes comme privée de sentiment.

Quand elle reprit ses sens, elle vit devant elle la lettre qu'elle venait d'écrire, et le mot *adieu* qu'elle avait tracé d'une main tremblante; cette vue lui fit mal. Cependant elle rappela ses esprits; elle essuya la sueur froide qui couvrait son front, et sans jeter un autre regard sur cette lettre, elle la ploya, y mit le cachet, et sonna un domestique pour l'envoyer à la poste. Quand elle fut partie, elle se mit à pleurer, son courage était épuisé.

La princesse, malgré sa légèreté, avait deviné une partie des secrets de Valérie; elle avait vu son trouble lorsque devant elle on prononçait le nom du jeune comte de Thouars, et la contrainte qu'elle s'imposait pour paraître calme et tranquille; elle en conclut que l'aimable jeune homme avait inspiré un sentiment tendre et profond à celle qu'il avait arrachée des gouffres glacés du Grindelwald, et que Valérie, trompée par les manières douces et affectueuses de son compatriote, avait conçu des espérances qui venaient d'être cruellement détruites; elle remarqua aussi que cette douleur silencieuse dont elle devinait la présence au fond du cœur de la pauvre fille ne se manifestait que par la mélancolie de son regard, le son de sa voix, plus émue en parlant à ses élèves, par un redoublement de soins envers elle et d'assiduité à ses devoirs, seule et unique ressource d'une ame vertueuse, et elle en conçut pour elle une pitié tendre mêlée d'admiration.

Depuis lors, sans paraître y mettre d'intention, elle s'appliqua à lui rendre la vie plus douce en lui imposant moins de contrainte; elle la dispensa avec adresse de ces devoirs d'étiquette qu'un esprit préoccupé trouve si pénibles à remplir; elle lui donnait des traductions des extraits à faire dans sa chambre afin de lui procurer un peu de solitude, et de distraire ses pensées par une occupation sérieuse; elle l'emmenait aussi plus souvent à la promenade avec ses enfans. La délicatesse, le tact exquis dont elle était douée, joints à l'affection sincère qu'elle portait à Valérie, lui enseignaient la manière de traiter ce cœur malade, et de le rattacher à la vie par les douceurs de l'amitié. Valérie se prêtait aux intentions bienveillantes de la princesse sans s'en rendre compte; ce cœur aimant, trahi, méconnu, rejeté par l'amour, trouvait un charme inexprimable dans la muette compassion d'une femme aimable et sensible ; elle jouissait de ses soins comme la jeune fille malade qui voit avec attendrissement la sévérité de ses parens s'adoucir à la vue de ses souffrances, et leur amour se ranimer pour la rendre à la vie : elle retrouvait même cette disposition caressante dans ceux qui l'entouraient. Elle avait plusieurs fois accompagné la princesse au couvent de St.-B... dont l'abbesse était sa proche parente. Cette dame, charmée de la tenue de ses petites nièces et de l'éducation qu'elles recevaient de leur institutrice, témoignait à cette dernière un intérêt marqué et dont l'influence se répandait autour d'elle. Cette distinction flatteuse, le bon accueil qu'elle recevait des dames religieuses, l'aspect romantique de cette maison située au bord d'un petit lac entouré de collines boisées, l'air calme et heureux des habitantes de cette retraite, tout fit naître dans l'ame de Valérie le vague désir de s'y réfugier un jour. La vie des religieuses n'était pas oisive, elles se livraient à l'éducation de jeunes filles nobles, et sous ce rapport, ce genre de vie conviendrait d'autant plus à Valérie qu'elle y trouverait un aliment à son activité naturelle. Rien ne l'attachait plus au monde, ses parens avaient péri, et le souvenir de sa patrie n'excitait plus en elle qu'une douloureuse sensation depuis qu'elle n'avait plus l'espoir d'y retourner avec celui qui lui était si cher. Avant de parler de ce projet à la princesse, elle s'applique à vaincre sa tristesse, à rappeler l'équilibre dans son ame ébranlée : depuis qu'elle a pris la résolution de bannir de son cœur une trop chère image, elle avait éloigné d'autour d'elle tout ce qui aurait pu lui rappeler le souvenir d'Eugène; ainsi elle avait renfermé avec soin quelques bagatelles qu'elle avait reçues de lui. La coupe d'albâtre étai encore un de ses dons, mais jusqu'alors elle avait évité de la regarder. Elle s'en approcha un matin dans l'intention de la cacher comme tout le reste; un amer sourire contracta ses lèvres en voyant que les pâles myosotis, malgré la négligence que, depuis son malheur, elle avait mis à les arroser, élevaient encor leurs têtes décolorées au-dessus des débris flétris de la couronne, et telles que de vaines espérances, en dépit de la raison, s'élèvent quelquefois du sein du malheur même, elles offraient encore quelqu'apparence de fleurs.

Un poëte oriental a dit : *L'espérance*

est une plante qui a besoin de bien peu d'aliment pour vivre dans le cœur de l'homme! Valérie le sentit dans ce moment, et la vue de ces fleurs du souvenir qui, malgré la négligence et l'oubli, s'obstinaient encore à fleurir, lui causa un trouble involontaire. Elle avança la main pour prendre cette couronne à demi desséchée et la jeter loin d'elle; un sentiment indéfinissable la retint. Il semblait que ce sacrifice du dernier gage d'une promesse trahie lui fût plus difficile que tout le reste. Tandis qu'elle était ainsi indécise, la porte de sa chambre s'ouvrit tout-à-coup; Valérie se tourne, aperçoit Eugène, pousse un cri, et se cachant le visage de ses deux mains, elle tombe sur un siége qui se trouvait près d'elle.

Eugène, couvert de poussière comme un homme qui vient de descendre de cheval, la sueur sur le front, la douleur dans les yeux, se précipite devant elle : « Valérie, s'écrie-t-il avec un accent déchirant, qu'avez-vous fait ? Vous avez douté de votre ami, de sa tendresse, vous l'avez accusé sans preuves et condamné sans l'entendre !... Cruelle Valérie, que vous ai-je fait pour m'écrire une pareille lettre ?.... »

En disant ces mots il avait tiré la lettre de son sein, et dans les mouvemens d'une douloureuse indignation, il la déchirait en morceaux.

« Venez, Madame, continua-t-il en s'adressant à la princesse qui entrait portant des papiers à la main, venez plaider ma cause ; dites-lui que des circonstances dont je n'ai pas été le maître m'ont seules rendu coupable à ses yeux ; oh ! dites-lui que je suis toujours Eugène, et que Valérie peut seule faire mon bonheur.... »

Il paraissait hors de lui. La princesse,

attendrie, prend Valérie dans ses bras ; elle lui met sous les yeux une lettre d'Eugène, qui bien que datée de plusieurs jours n'avait point devancé son arrivée, tant le jeune homme effrayé de la résolution de Valérie, avait mis de promptitude à son voyage. Elle lui montre la vue du château de Razdiowitz, qu'il avait faite pour elle, et même un journal de son excursion dans les montagnes de la Bohême, dont chaque page rappelait le souvenir de Valérie de la manière la plus touchante. La princesse ajoutait à cela les assurances les plus formelles que le jeune comte l'avait toujours aimée, qu'il venait de lui dire à elle-même qu'il avait refusé la main de la belle palatine pour rester fidèle à l'amie de son cœur, qu'elle allait retourner avec lui en France, que le jeune comte était rayé de la liste des émigrés, que ses biens n'ayant pas été vendus, il allait en reprendre possession... « Que vous dirai-je enfin, mon aimable Valérie, ajouta la princesse; il m'a demandé votre main, j'ai cru pouvoir la lui accorder, et je consens à vous perdre pour assurer votre bonheur..... »

Eugène attendait aux genoux de Valérie l'effet de toutes ces explications, une tendre inquiétude se peignait dans son regard; il avait pris une des mains de son amie qu'il baisait et pressait tour à tour sur son cœur. L'heureuse Valérie, accablée sous le poids de tant d'émotion, n'entendait rien au discours de la princesse, ne voyait rien dans les papiers qu'elle lui présentait; elle sentait seulement qu'elle était pressée dans des bras caressans, qu'Eugène était revenu, qu'il était là, à ses pieds, et qu'il n'avait point cessé de l'aimer. Dans l'espèce d'éblouissement que lui causait cette joie trop vive, elle n'osait rouvrir les yeux de peur de voir s'envoler le songe ravissant dont elle se croyait le jouet.

Il se fit un instant de silence, Eugène le rompit en disant d'une voix tendre : « Valérie, avez-vous oublié votre promesse, et ne suis-je plus cet Eugène auquel vous vouliez confier le soin de votre bonheur ?....

» — Ah ! s'écria-t-elle émue jusqu'au fond de l'ame, puisque vous êtes toujours Eugène, je serai toujours Valérie !.... »

Eugène, transporté, la serra dans ses bras, et ses lèvres scellèrent sur celles de la timide Valérie cette douce réconciliation.

Le jeune comte, après avoir changé d'habits, alla trouver le prince auquel il fit part du changement arrivé dans sa fortune, et de l'usage qu'il voulait en faire. Le prince qui avait une grande estime pour Valérie, approuva son projet, et le félicita même de savoir sacrifier les préjugés à son bonheur.

On n'a jamais bien connu la cause réelle du silence d'Eugène, pendant son séjour en Bohême : cédant sans le savoir à la douce influence qu'exerçait sur lui la reconnaissance d'une jeune et belle personne et à celle non moins séductrice des vues généreuses de ses parens, il remettait son départ d'un jour à l'autre. Peut-être l'espèce de sécurité où il était sur les sentimens de Valérie, ne lui faisait-elle pas sentir le besoin de la rassurer sur les siens ; alors il n'eût point été si coupable ; peut-être aussi.... Mais la lettre de Valérie suffit pour rompre le charme, et la générosité de son amie rendit Eugène à lui-même.

Au bout de quelques jours la princesse apprit à son cercle la nouvelle destinée de mademoiselle Valérie Dubreuil, et son prochain départ pour la

France, comme épouse de M. le comte Eugène de Thouars. L'exemple des souverains exerça une puissante influence sur les courtisans, et le jeune couple reçut des félicitations qui parurent sincères. Quelques hautes baronnes, il est vrai, se pincèrent les lèvres et murmurèrent tout bas le mot de *mésalliance*, en regardant leurs filles qui, d'un âge déjà mûr, se fussent fort bien accommodées d'un descendant des La Trimouille, surtout quand il venait de rentrer en possession de cinquante mille livres de rente ; mais le vernis de politesse, en usage dans les cours, couvrit toutes ces inégalités.

A la prière de Valérie, le mariage eut lieu sans pompe et sans bruit dans la chapelle du château de Liebenthal. La princesse orna elle-même la jeune mariée; ses deux élèves qu'elle avait un vif regret de quitter, lui servirent de compagnes; le prince voulut la conduire à l'autel et lui tenir lieu de père.

Quelques jours après leur mariage, Eugène et Valérie partirent pour la France. Rien ne manquait maintenant au bonheur de la jeune femme, et si parfois un sentiment pénible, dû au souvenir de ce qu'elle avait souffert lorsqu'elle s'était crue obligée de renoncer à Eugène, oppressait encore son cœur; cette goutte d'amertume, mélange ordinaire de nos joies terrestres, rendait peut-être la sienne plus vive et plus complète. Valérie se sentait heureuse et fière d'avoir offert à Eugène un généreux sacrifice, mais, il faut le dire, plus heureuse encore que ce sacrifice n'eût point été consommé.

FIN DU TOME TROISIÈME.

www.ingramcontent.com/pod-product-compliance
Lightning Source LLC
LaVergne TN
LVHW010555110826
845149LV00003B/666